NARRATIVA
VERBUM

LOS DESEOS DE LA BRISA

Verbum Narrativa

Dirigida por: EUGENIO SUÁREZ GALBÁN

Novelas y relatos de autores clásicos y contemporáneos. Entre las figuras más significativas presentes en la colección, destacan los nombres de: Mario Vargas Llosa, Mario Szichman, Miguel de Cervantes, Benito Pérez Galdós, Carlos Montenegro, Enrique Jardiel Poncela, Lino Novás Calvo, Pablo de la Torriente Brau, Vicente Blasco Ibáñez, Leonardo Padura, Antonio José Ponte, José Prats Sariol, Jaime Marchán, Consuelo Triviño, Víctor Fuentes, Juan Arcocha, Claudio Aguiar, Reinaldo Montero, Luis Manuel García Méndez, Luis Martínez de Mingo, Antonio Cavanillas de Blas, Lourdes Vázquez, Josefina Verde, José Lorenzo Fuentes, Julio Travieso, Miguel Barnet, Félix Luis Viera, entre otros.

ROSA ISABEL BARBOZA

Los deseos de la brisa

© Rosa Isabel Barboza, 2018
1ª edición: Santiago de Querétaro, Querétaro, México, diciembre de 2016
© Imagen de portada: *Renacer*, Lucy Moreno Valdez, 2016
© Editorial Verbum, S. L., 2018
Tr.ª Sierra de Gata, 5
La Poveda (Arganda del Rey)
28500 - Madrid
Teléf.: (+34) 910 46 54 33
e-mail: info@editorialverbum.es
https://editorialverbum.es
I.S.B.N.: 978-84-9074-659-2
Depósito Legal: M-31914-2018
Diseño de colección: Origen Gráfico, S. L.
Impreso en España por
SAFEKAT

ÍNDICE

Presentación

En este libro Rosa Isabel Barboza nos toma de la mano para pasear entre sus líneas. Ingresamos con ella a las dimensiones del tiempo, como espectadores de situaciones angustiosas enfrentadas con valentía, actitud y positivismo, en contraste con aquellos momentos lúdicos que harán sonreír al lector. Se trata de un tipo de narrativa que no puede dejarse a un lado; te atrapa de tal modo que acompañamos a la autora hasta el umbral de la puerta, donde la soledad será la compañera en este recorrido, escuchando solamente el sonido del silencio.

TERE VIZCARRA

Prólogo

Escribir es un acto solitario, un acto que permite ejercer nuestro libre albedrío para decidir el rumbo que tomará la historia, lo que deseamos contar. Representa el reto por narrar una escena, una situación, un conflicto y quizás un desenlace. Capturar la esencia de los personajes que presenta en escena. Caracterizarlos, que el lector los pueda ver y vivir con ellos el mundo de lo cotidiano y también, por qué no, lo intangible.

El cuento permite expresar la versión personal del escribiente, de recrear su universo, a través de las palabras, desde su mirada única.

La autora de esta compilación es una mujer que admiro por su tenacidad, por poner acción en los desafíos que decide enfrentar y no rendirse ante los obstáculos. Ella ha trabajado hasta ver su proyecto hecho narrativa viva.

Perseverancia, esfuerzo o dedicación, llámese como sea, ella tiene claro que el resultado será concluir con éxito la aventura de la escritura.

Rosa Isabel tiene una mirada positiva ante la vida, por decisión propia; porque su vida como la de cada uno de los seres humanos ha tenido momentos difíciles. En *Limbo blanco*, nos lleva a vivir profundo lo que la protagonista está sintiendo.

Nos presenta de igual manera momentos complejos o de felicidad, aderezado con un peculiar sentido del humor.

En su narrativa se aprecia una voz fresca, decidida y firme. Sabe como escritora lo que quiere transmitir y sobre todo lo que no quiere. Aquí nos entrega muchas de sus historias, cuentos, ficciones, narradas con una voz propia. Nos permite comprobar en sus crónicas que difícilmente podemos ocultar eso que somos, lo que anhelamos o creemos.

Adicta a la palabra y a la imaginería, creando mundos de papel y letras. Los dejo entonces con su obra para que completen el ciclo literario. Tan importante el lector como el escritor.

ISABEL VALENZUELA

Agradecimientos

–Prof, este es el material que tengo, ¿vale la pena? Así empezó todo. Un año y medio de revisar, corregir, reescribir, verificar, investigar, considerar, comparar, repasar, escrutar, discutir para luego llegar a un acuerdo; poder finalmente extraer historias de la memoria y de la imaginación y continuar dejando pedazos del alma en cada una de ellas.

Además de agradecer la guía, la corrección y la amabilidad de Víctor M. Campos, escritor y tallerista, quisiera reconocer el talento, la visión y la entrega que lo acompañan. Gracias a eso, la historia de este proyecto ha sido muy agradable y provechosa, con infinidad de gratos matices.

Agradezco la intervención de grandes escritoras que han sido mi ejemplo, y que con su gran calidad humana han hecho que yo las admire aún más: Isabel Valenzuela, Verónica E. Llaca y Tere Vizcarra.

Muchos besos para mis tres hijos que me apoyan todo el tiempo y que finalmente me convencieron con su: "¡Ándale mami! ¡Aviéntate sola! ¡Tú puedes!".

Y gracias a Dios por su infinita bondad.

ROSA ISABEL BARBOZA

13

Tener un hijo, plantar un árbol y escribir un libro:
pudiera ser fácil. Lo difícil es criar el hijo, regar el árbol
y que alguien lea el libro.

Proverbio

Las palabras que empleamos afectan nuestra manera de pensar y de sentir. Nuestros pensamientos inciden sobre lo que decimos y sentimos. Nuestros sentimientos influyen sobre lo que decimos y pensamos.

ANDREW MATTHEWS

La muerte es desnudarse de todo lo que no es usted. El secreto de la vida es "morir antes de morir" y descubrir que no hay muerte.

ECKHART TOLLE

Gracias a Dios que me dio unos padres que cuidaron mi niñez,
un esposo que estuvo a mi lado treinta y tres años,
tres maravillosos hijos, Ramón, Caro y Hernán, que con mucho amor
cuidan y acompañan mi vida,
tres hijos nuevos, Cynthia, Ivo y Marthita, que han decidido
querernos y unirse a nuestro camino,
y que son entrañablemente correspondidos;
y por premiarme con cinco amorosos nietos:
Ramoncito, Gala, David, Alexander y el pequeño bambino Leonardo
que está por aterrizar.

Estamos bien

Manuel leía el telegrama por tercera vez sin lograr entender las palabras que flotaban en ese papel. En su mente, los recuerdos muy confusos de su niñez y el dolor aún latente nublaban su vista y su razonamiento. Se sentó. Sentía que la fuerza se le escapaba. Él había sido el mayor de ocho o nueve hermanos. Ya no estaba seguro de cuántos. Siempre evadió hablar de sus hermanos que fallecieron al nacer o a los pocos días de haber nacido, de los cuales solo sobrevivieron cinco. Aunque él nunca comprendió bien las razones, recordaba con claridad el dolor que vivieron sus padres con esas pérdidas: sobre todo el llanto de su madre que lo atormentó por muchos años.

De manera fugaz, pero aún más violenta, las imágenes de la mañana en que su padre amaneció muerto debido a un infarto, dejándolo a cargo de toda la familia, completaron sus pesadillas vividas. Nunca supo cómo, después, pudo soportar el deceso de su muy joven hermano en un accidente de trabajo. Desde muy corta edad se había enfrentado varias veces a la impotencia perversa de perder a seres muy cercanos.

Ahora no.

"¡Otra vez no!", se repetía apretando la mandíbula tratando de contener el llanto, pero sintiendo las lágrimas invadir sus mejillas.

Volvió a leer, deteniéndose en cada palabra:

Manuel la niña murió a las 8.15 de la mañana estamos bien.

Isabel.
16.45

¿Qué quería decir todo eso? Los malditos telegramas decían tan poco y al mismo tiempo decían todo. Y, ¿qué era eso de que "estamos bien"?

21

Todo el día esperó con inquietud noticias. Había sido una niña. Por instantes trató de imaginarla, aunque… ya para qué, pensó.

Se puso de pie, apretando más la mandíbula hasta que sus dientes dolieron y se prometió no llorar: *¡Ya no!* Abrió uno de los cajones de su cuarto y sacó un moño negro que se colocó en el antebrazo izquierdo. Lo utilizaba para apoyar el duelo de alguno de los obreros que estaban bajo su supervisión. Preparó una maleta y subió en su automóvil. Coyoacán le pareció triste y sombrío. Se dirigió a la fábrica textil donde trabajaba en la Ciudad de México.

Al llegar, el guardia extrañado preguntó:

–¿Pasa algo, ingeniero?

–Sí. Murió mi niña recién nacida. Viajo ahora para Monterrey. Avise por favor. Aquí dejo el automóvil.

–Sí, no se preocupe. Lo siento mucho.

–Gracias.

Tomó un taxi con dirección a la estación de autobuses. Pensar en el viaje de veinticuatro horas le producía una gran desesperación. Eran los años cincuenta. Entonces solo existía la carretera panamericana. En su condición era peligroso manejar.

No alcanzaba a entender qué habría pasado. Todo el embarazo avanzó con normalidad. Isabel, además de bella y joven, era muy sana. Tenían ya un niño de dos años, y con él todo transcurrió con normalidad. Hacía un mes que los dos habían viajado a Monterrey para que allá naciera el nuevo bebé y ella recibiera ayuda de su madre y de sus hermanas.

El autobús salió a las diez de la noche. Era viernes veintinueve de junio: nunca iba a olvidar ese día, esa noche y, sobre todo, ese viaje que para colmo se alargó aún más debido a la lluvia y a la neblina. Solo pudo dormir a ratos. Pesadillas continuas lo despertaban sobresaltado. El amanecer lo hizo ver las cosas de otra forma: *Por algo pasan las cosas… Dios sabe lo que hace…* Aun así el dolor en el pecho era muy intenso.

Tuvo suficiente tiempo para dar varios repasos a su vida tratando de darle sentido a lo que, para él, no tenía ninguno.

Recordó cuando ganó la beca por mejor promedio para estudiar ingeniería en el Politécnico de la Ciudad de México, su madre lo apoyó por completo: "Vete, mi'jo. Esas oportunidades no se repiten".

Después, el accidente que tuvo en carretera, en la Harley Davidson que se compró recién graduado, en el que casi pierde una pierna; su rodilla, ahora de platino, era un constante recordatorio. Su única hermana se había casado muy joven y ya tenía varios niños. Sus tres hermanos se habían ido a trabajar a Estados Unidos. En amores, aunque hubo varios, ninguno como Isabel: bella, decidida y de carácter fuerte. Era la mayor de muchas hermanas y la mano derecha de sus padres. Con sus ojos grandes, casi amarillos, se enfrentaba al mundo sin pestañear. A como iba su vida, él necesitaba una compañera de ese calibre, además, ambos compartían el amor al campo y a la caza.

Las luces de la ciudad le anunciaron que casi llegaba después de veintiséis horas de viaje. Pidió descender antes para pescar un taxi en la calle. Pasaba medianoche cuando, con incertidumbre, llegó a casa de sus suegros en donde esperaba preparativos para el funeral. Vio todo muy quieto. Pensó que era por la hora. Timbró, y salió a recibirlo una de sus cuñadas:

–¡Manuel! Qué bueno que ya llegaste.

–¿Isabel?

–En la recámara con mamá.

Se encaminó y abrió con fuerza la puerta. Vio a Isabel. Se veía cansada. Isabel se asustó cuando vio el moño negro en el brazo de Manuel.

–¿Qué pasó? –le preguntó.

Manuel corrió hacia ella y la abrazó. Entonces no se pudo aguantar más y sus sollozos despertaron al resto de la familia. Entre sus brazos no dejaba de preguntarle: ¿Cómo estás? ¿Cómo te sientes? Isabel le contestaba: Estamos bien, estamos bien.

Sobre el hombro de Manuel, Isabel veía a su madre que, levantando los brazos y con las palmas de las manos hacia arriba, le preguntaba a señas que qué pasaba. Isabel, levantando levemente los hombros y arqueando las cejas, contestaba que no sabía. Algo había puesto a Manuel de esa manera.

23

–¿Y la niña? –por fin preguntó Manuel.

–En la cuna.

–¿En la cuna? –casi grita.

–Sí, en el cuarto de aquí en seguida. De dos zancadas llegó a la puerta, dudó solo un instante y abrió. De pronto, todo se nubló. No había nada ni nadie en el mundo más que él y una bebé color de rosa, casi inmóvil. Con los ojos abiertos, grandes como los de su mamá. Para Manuel era una muñeca que se movía con suavidad. Seguro no era de verdad. No podía ser de verdad.

Intempestivamente entró su suegro y le dijo con gran alboroto:

–¿Estarás de acuerdo en que le pongamos Rosita? ¿Ya viste el color de su piel? Se va a llamar Rosa Isabel, por su mamá. ¿Qué opinas?

Como respuesta, Manuel sacó el arrugado telegrama de su bolsillo y lo entregó a su suegro. Con mucha suavidad tomó a la niña en sus brazos. Hasta que sintió su cálido aliento entendió que vivía, que su niña de verdad estaba viva. El maldito o bendito error había hecho que viera su vida de otra forma.

El mensaje correcto debió ser:

Manuel la niña nació a las 8.15 de la mañana estamos bien

ISABEL.

16.45

Limbo blanco

Mi marido había tomado una terrible decisión, esa tarde de agosto. Él, todo lo que quería, era terminar con los dolores tan intensos que habían aumentado insoportablemente día a día, y no le importaban, ya, las consecuencias. Mi desconcierto era tan grande como su tremenda resolución.

–¿Estás seguro? –le pregunté con tantas emociones enredadas en la garganta, que casi no me permitían hablar; y batallando para pronunciar las palabras, le dije–: ¿Sabes que con ese medicamento ya no vas a despertar? ¿Entiendes lo que eso significa?

Claro que él sabía lo que eso significaba. Durante esos espantosos diez meses, él había tomado todas las decisiones con respecto a sus tratamientos. El diagnóstico diferente entre la medicina tradicional y la alternativa nos había forzado a tomar todas las opciones posibles.

Los doctores de Rochester y Houston recomendaron aplicarle primero quimio y radio terapia para administrárselas *ahorita que está muy fuerte*, según dijeron. Mi esposo era alto y pesaba ochenta y siete kilos. Había posibilidades de que el tratamiento hiciera desaparecer el tumor. Él decidió iniciar con las radiaciones, a pesar de mi llanto. Los índices de cáncer en la sangre estaban subiendo.

Empezó a tomar el veneno de escorpión de Cuba todas las mañanas y todas las noches. Por otra parte, nos enteramos de un tratamiento experimental de vacunas personalizadas: le aplicaron ciento setenta vacunas tomadas y ciento setenta inyectadas, el pobre, que odiaba las inyecciones; sin embargo las aceptó. Estas vacunas le provocaron fiebres muy altas.

Comida vegetariana, verduras rojo oscuro, anticancerígenas. Carne de venado, huevos de gallo-gallina, quesos de cuaje natural, pescado que no naciera en granja, trigo germinado, bebidas llenas de nutrientes y con horrible sabor artificial, entre otras cosas, marcaron un cambio muy brusco en su alimentación. La nueva dieta no fue de su agrado, y empecé a notar que su peso bajaba poco a poco. Lo que más le dolió fue dejar la carne y la cerveza que tomaba todas las noches.

Reacomodamiento de columna vertebral y de costillas, masajes en espalda y pies, lavados de estómago, baños fríos y de toalla para bajar las altas temperaturas de muchas noches; camisetas congeladas debajo de la pijama antes de dormir para acelerar bruscamente la circulación de la sangre, se convirtieron en cosa de todos los días.

Entrar y salir de hospitales y de clínicas naturistas; terapias con imanes, sanación por computadora, tratamiento de homeopatía, sesiones de acupuntura, iridólogos y hasta un curandero que estuvo rezando en todos los rincones de la casa, varias semanas, hicieron que mis tres hijos y yo nos sintiéramos fieles soldados luchando contra algo en lo que no queríamos ni siquiera pensar.

Yo pasaba muchas horas cocinando comida "rara", pero muy nutritiva, tratando de que fuera de su agrado, pero él apenas la probaba. Un día lo oí bajar lentamente la escalera. Llegó a la cocina, me abrazó con suavidad y me dijo:

–Si me salvo, va a ser gracias a ti.

Yo apenas iba a contestarle, cuando sentí su abrazo muy fuerte y prolongado. Entonces agregó:

–No me quiero ir. Todavía me gustas mucho.

Fuimos a misas para enfermos, y tuvo largas conversaciones con el sacerdote de la familia. Me dijo que las disfrutó mucho. Las pláticas de tanatología ni siquiera las escuchaba, pues decía que era completamente ilógico que alguien le recomendara aprender algo sobre el dolor, si para él solo significaba sufrimiento. Aceptó visitas a psicólogos para buscar en su mente y en su pasado las causas por las que su cuerpo quería irse de esta vida. En las sesiones de reiki, lo sentí sereno y esperanzado.

Luego de seis meses con tratamientos y dietas, como de milagro, los índices de cáncer de páncreas casi desaparecieron. Todos lloramos y fuimos a la iglesia a dar gracias. Sin embargo, teníamos que hacer una revisión a las seis semanas, y entonces le encontraron el problema en el hígado. El dolor, que no había desaparecido por completo, regresó triunfante y despiadado. Para entonces su impaciencia era ya muy notoria. Nos decía a mi hija y a mí:

–Ya no recen por mí, por eso no me he muerto. –Y agregaba–: No quiero seguir en esta espera. Si me voy a aliviar que sea ¡ya!; y si me voy a morir, pues de una vez.

Después de una microcirugía, que le provocó hepatitis, el oncólogo emitió su despiadada sentencia:

–Le quedan cuatro semanas de vida.

Así, sin misericordia.

Ramón no permitió que nosotros nos enteráramos ni de eso ni de sus acuerdos "secretos" con el doctor. Le pidió: no sondas, no tubos de ninguna especie, ni respiración artificial. Tampoco aceptó una operación que eliminaría la sensibilidad y el dolor. Antes preguntó:

–¿Me voy a curar con eso?

Como la respuesta fue negativa, agregó:

–Eso serviría para lastimar más mi cuerpo y prolongar mi agonía.

Él solo pedía que le quitaran el maldito dolor.

Aceptó la opción de ir a Cuba. Planeábamos rentar un mini jet y hacer que un médico nos acompañara en el viaje. Los especialistas cubanos recomendaron que lo internáramos una semana en el hospital antes de partir, para rehabilitarlo. Comía tan poco que estaba desnutrido y deshidratado. Por esa razón, y porque el dolor se había intensificado, no solo en el vientre, sino hasta la espalda, decidió internarse.

Cinco días después, esa terrible tarde de agosto en el hospital, llegó el oncólogo con una enfermera. Ella saludó con voz muy alta, y con tonada lenta: "Buenas tardes, Ingeniero. ¿Cómo sigue?". Mi esposo le contestó:

–Estoy enfermo, no sordo.

No cabía duda: él seguía siendo el mismo.

Ya para entonces el aire pasaba por mi garganta con gran dificultad y sentía una gran desesperanza en el corazón.

Al acercarse el doctor a la cama, le preguntó:

27

—¿Cómo estás, Ramón?

Los medicamentos ya no le hacían efecto y el dolor era tan intenso, cruel y profundo, que, acostado como estaba, extendió los brazos, tomó con fuerza al doctor del cuello de la camisa, lo acercó a su cara y, haciendo un gran esfuerzo, le dijo:

—¿Te acuerdas en lo que quedamos?

El doctor solo asintió con la cabeza y le contestó:

—No te preocupes.

Me llamó a un lado de la cama, y dijo:

—El dolor ya es insoportable y él no acepta ningún tratamiento. Este medicamento que le vamos a aplicar, vía suero, va a...

Por un momento esperé oír... mejorarlo. ¡Pero no! El doctor continuó:

—... va a hacer que ya no despierte.

Así, tal cual, me lo dijo. Inmediatamente le pregunté:

—¿Hasta cuándo?

Y el doctor contestó con voz baja, arrastrando las palabras:

—Ya no va a despertar.

¿¡Que, qué!? Pensé que no estaba entendiendo, y en seguida reaccioné. Sintiendo un temblor que nacía en mi estómago y se extendía por todo mi cuerpo, le exigí con mirada suplicante:

—Si es así, entonces no se lo administre. Por favor...

Él respondió:

—Lo que vamos a hacer es diluirlo para que pueda despertar.

En ese momento, le creí.

Pero fue una gran mentira.

Eran las seis de la tarde cuando empezó aquel líquido a descender. Busqué sus ojos verdes, y los vi abiertos por última vez. No me veía a mí ni a nadie. Creo que en ese momento, con mucha determinación, se estaba enfrentando a sí mismo y sabía que iniciaba su partida. Quería preguntarle mil cosas; quería convencerlo de algo que yo sabía que era imposible que él aceptara. Habían pasado diez meses de lucha desgarradora y sin descanso. Había perdido veinticinco kilos y estaba completamente canoso. Decían que parecía mi papá. Ya no era más aquel hombre grande, fuerte, guapo y dominante. Sin embargo, era obvio que su carácter decidido y férreo, seguía con él.

De ahí que, en las siguientes treinta y cuatro horas, lo único que hice, aparte de rezar, fue ver aquellas sábanas blancas, muy blancas, las cuales hacían que mi vida pareciera estar en el limbo: no veía colores por ninguna parte.

Algunas lágrimas corrían por sus mejillas cuando las enfermeras lo cambiaban de posición. Creo que aún semiinconsciente, el dolor era terrible.

Y aquellas sábanas blancas fueron lo primero que vi esa madrugada, a las cuatro, cuando oí a la enfermera que decía: "Está perdiendo el pulso, ya casi no lo escucho". Yo estaba sentada en una silla, recargada en la cama. Me había quedado dormida sosteniendo su mano, muy hinchada, tratando de darle masaje.

Lo vi, apacible y quieto, muy blanco, del color de las sábanas. Por fin parecía que ya no había dolor. Quería gritarle y suplicarle: Por favor, Ramón, no te vayas. ¿Qué voy a hacer sola? No es posible que decidieras partir. Pero yo sentía que aún estaba ahí, y no quería preocuparlo. Le dije, en voz alta, acariciando su cara:

—Vete tranquilo, mi rey. Nos diste muchas cosas bellas. Hicimos todo, luchamos tanto. No creas que los muchachos me van a cuidar: yo los voy a cuidar a ellos. No me olvides, por favor.

Sentía que ese hombre, con el que compartí mi vida por treinta y tres años, se iba quién sabe a dónde, y sin mí. Yo, que siempre había estado segura de su recuperación, empecé a percibir el desprendimiento desgarrador y violento de su partida. Sabía que era lo último, que no había un regreso posible. Le di muchos besos en la cara y en las manos. Empezaron a llegar más enfermeras y los doctores de guardia.

Acababa de fallecer.

Ese estar en el limbo, donde todo era blanco y sin color, siguió en mi vida durante meses que se convirtieron en años.

¡Por ilegales!

Eran tantos y atropellados los pensamientos de incredulidad que bruscamente llegaban y golpeaban mis sentimientos, más el poco sentido común que me quedaba, que la respuesta de mi cuerpo fue permanecer tranquila y serena, o al menos parecerlo.

Y qué bueno porque algo me aconsejaba: actúa natural, esconde el pánico que hace que tu estómago se sumerja en un gran agujero negro, por favor: el susto y la desesperanza no deben aparecer en tu expresión.

Solo me pude controlar algunos segundos. La llegada de tres policías más y la cara de indignación e incredulidad de mi hija, hicieron que mi planeada actuación fracasara.

Estábamos en un pequeño cuarto del aeropuerto: no nos permitían salir ni al baño. Nuestras maletas, en el suelo, ya habían sido revisadas por seis diferentes personas. Todo era desorden. Nadie hablaba inglés; español, ¡menos! Y el turco nunca fue un idioma que estuviera en mis planes aprender. Mientras esperábamos al traductor, mi hija buscaba a su esposo. Él se asomaba entre los policías, que no le permitían acercarse.

El susto creció cuando llegó el jefe de seguridad, o al menos eso parecía por su actitud ruidosa y prepotente. El saco obscuro y arrugado que vestía, seguro le quedaba bien hacía varios kilos menos. Alto, robusto, bigotón, panzón, mal encarado, gritón y tosco, nos recogió los pasaportes y las visas americanas. La cosa se puso peor cuando nos acercó a un pequeño escritorio arrinconado y polvoriento. Con desconfianza nos sentamos. Él encendió una lámpara colgante que me encandiló y me hizo sentir que estaba dentro de una película de terror. Nos entregó unas cartas para que las firmáramos. Estaban en turco. Por supuesto que no las entendíamos. Él lo sabía.

Al protestar, en inglés y con señas, empezó a vociferar haciendo aspavientos y salpicando saliva para todos lados. Era muy desagradable ver aquel desordenado y mal cuidado bigote moverse, y además no entender una palabra.

–Firma –le dije a mi hija–: este infeliz está loco, hay que seguirle la corriente. Y no te preocupes: todo se va a arreglar.

De eso no estaba tan segura, pero era todo tan ilógico, ridículo y exagerado, que algo tendría que pasar para resolver el enredo tan inesperado en que nos habíamos metido.

Llegó un hombre delgado, con traje y peinado. Era el traductor. "¡Al fin uno que se bañó!", pensé.

–Señora, ¿qué pasa?

–Eso quisiera saber yo –le contesté.

–Me dicen que no traen visa.

–Me informaron de que para entrar a su país necesitábamos, solamente: la visa americana, comprobantes de banco de mi país y cincuenta dólares. Todo lo presentamos en la ventanilla de migración. Fue entonces cuando todos empezaron a gritar. Llegaron los policías y nos trajeron aquí.

–Pues le informaron mal, señora. ¿Con quién habló?

Por estar en temporada navideña, todos los consulados estaban cerrados. Había sido mi agente de viajes quien me había notificado erróneamente. En ese momento tuve que mentir, para evitar que nos mandaran fusilar. Descaradamente, le dije:

–Llamé al consulado turco en la Ciudad de México.

–Así se hacía antes, pero ya cambió. Necesitan la visa turca.

Se rascó la cabeza y preguntó:

–¿De qué ciudad vienen?

–Salimos hoy en la mañana de Ámsterdam. Mi yerno es holandés. Él esta afuera pero no le permiten reunirse con nosotras.

–Los europeos no necesitan visa, pero ustedes sí. Todo esto es error de la línea aérea. Debieron pedirles la visa turca antes de abordar. Quizá pensaron que todos eran holandeses. De cualquier manera, ustedes no pueden permanecer en el país.

–Tenemos pagado ya el hotel por seis noches y varias visitas guiadas –le dije–. ¿Podríamos comunicarnos al consulado mexicano para ver si se puede hacer algo?

Yo sabía que estaba cerrado, pero era todo lo que se me ocurría decir.

–En seguida regreso.

Vimos que se puso a discutir con el jefe de seguridad y como con quince personas más. Yo decidí no creerle. No podían regresarnos. No me quería asustar más. No era posible que lo que estaba diciendo fuera verdad. Para entonces, ya no queríamos ni hablar: solo observábamos al montón de hombres discutir y mover el bigote. Todos casi iguales: parecían clonados. Querían convencernos de que habíamos hecho algo completamente aterrador. Nunca supe si no tenían algo mejor que hacer.

–Solo falta que nos esposen –comentó mi hija.

–No te preocupes. De alguna manera se arreglará todo –dije, pero ya no sabía ni qué pensar.

Regresó toda la bola, con el traductor enfrente, y dijo:

–Van a ser deportadas por ilegales. Salen para Fráncfort en quince minutos. Solo ustedes dos. Su yerno no es ilegal. Además, en el avión solo hay dos lugares disponibles.

–Mire, señor –le dije apretando los dientes–: disculpe, pero en todo caso, depórteme solo a mí. Mi hija ya es residente en Holanda y están a punto de darle la ciudadanía.

Por otra parte, le pedí de la mejor manera que nos permitiera hablar a la embajada mexicana. Además, nosotros vivimos en Holanda, no en Alemania.

–Mire, señora: en los pasaportes consta que las dos son mexicanas. El jefe de seguridad dice que aquí se hace lo que él ordena; que no tiene por qué hablar a ninguna embajada. Por último, el próximo vuelo a Ámsterdam sale en cuatro días. Usted dice si los pasan en este cuarto, sin salir ni al baño, o se van a Fráncfort, en donde además pueden sacar su visa en el consulado turco y regresar a disfrutar sus vacaciones.

¿Regresar?

Ni en otra vida.

¡Pelado estúpido!

Esto solamente lo pensé.

Tuvimos que gritarle a mi yerno, pues no nos permitieron acercarnos a él:

—¡Nos mandan a Fráncfort a sacar la visa!

—¡Voy con ustedes! –gritó él.

Se veía muy pálido y preocupado.

—¡Dicen que solo hay dos lugares! –volví a gritar.

—¡Llegamos a la nueve de la noche! ¡Te llamamos al hotel!

—Mamá –dijo de pronto mi hija–, no traigo mis tarjetas.

—No te preocupes.

Nos escoltaron al avión: el traductor, el jefe de seguridad, tres pelados más y dos azafatas. Si no hubiera sido por las circunstancias, yo me hubiera sentido casi importante. La brisa congelante que sentimos en la cara, antes de abordar, aumentó la tragedia del momento. Sin regresarnos los pasaportes, nos sentaron hasta la parte de atrás.

—¿Tú crees que nos den algo de cenar, mamá? Sólo almorzamos en el primer vuelo.

—Pues claro que sí. Vas a ver que de alguna manera, las cosas salen bien.

En realidad ya no tenía ni la menor idea de lo que iba a pasar.

El rosario que traía en el bolsillo del abrigo no había dejado de dar vueltas. Me sentía tan vulnerable que rezaba en silencio para no asustar a mi hija. En el momento que abroché el cinturón de seguridad medí, con más exactitud, todo lo que nos pudo haber pasado.

Nuestra primera visita a Estambul había durado menos de una hora.

Ese viaje había sido una idea muy estúpida, y lo peor de todo era que ¡había sido mi idea!

Yo sentía una gran vergüenza. Primero con mi yerno, ordenado y tranquilo, y yo, desorganizada e irresponsable; y con los alemanes. Ellos qué culpa tenían de todo el enredo. No me interesaba la visa. No quería regresar a ver a esa gente jamás.

–Como tú quieras, mamá. Nos podemos regresar, todos, a Holanda; podemos pasar Año Nuevo en casa.

–Vamos, primero, a ver qué pasa en Fráncfort, y muchas gracias. Ahora sé que tantos enredos no me quitan el hambre. Devoramos la cena que nos sirvieron durante el vuelo.

Al llegar a Fráncfort, nos bajamos del avión solo después que se había desocupado por completo. Escoltadas, ahora, por tres azafatas, nos llevaron a las oficinas de migración. Fuimos entregadas ahí, como mercancía incómoda, junto con nuestros pasaportes. Nos esperaba un agente: alto, canoso, como de sesenta años. Él se sentó y estuvo revisando los pasaportes por algunos minutos. Nos separaba un gran escritorio metálico. Su seriedad era tan grande como mi miedo. Yo sentía que iba a presentar un examen final, sin haber estudiado nada. Por fin, le preguntó a mi hija en inglés:

–¿Estás casada con un holandés?

–Sí.

–¿Desde cuándo?

–Desde hace dos años.

Silencio.

Luego dijo:

–Estando tú tan bonita y tan joven, ¿tenías que casarte con un holandés habiendo tantos países de dónde escoger? ¿No ves que estamos peleados con ellos por el futbol? Todavía estas a tiempo de cambiar de parecer.

Lentamente, mi cerebro se dio cuenta que se trataba de una broma. Mi boca no podía sonreír. Toda la agresividad de ese día no me permitía entender lo que ahora pasaba.

–Son bienvenidas a este país, no se preocupen.

Reímos.

Casi me brinco el escritorio y le doy un beso.

Al fin algo salía bien.

Desde entonces amo a los alemanes.

Aún faltaban muchas cosas por hacer, pero el optimismo había regresado.

Llamamos a Estambul, desde el aeropuerto, para avisarle a mi yerno que estábamos bien y que otra vez nos sentíamos personas normales.

Conseguimos hotel para pasar la noche y el teléfono de la embajada turca.

Decidí regresar a Turquía.

Mis hijos habían gastado el doble que yo e iban a tirar su dinero ya pagado. Una bola de cretinos no iban a arruinar, más, mis vacaciones.

El hotel estaba casi vacío. Tuvieron que encender luces y calefacción del piso donde nos alojaron. Los tres grados bajo cero y la nieve que empezaba a caer, hacían que la gente cuerda huyera a lugares cálidos. Las únicas sonsas éramos nosotras y seis huéspedes más. Eso sí: nos atendieron como reinas cuatro meseros en un comedor con sala, biblioteca y chimenea al lado. Después de cenar un suculento salmón, nos sirvieron una taza de té, al lado del fuego, viendo cómo la nieve empezaba a caer con suavidad. Habíamos estado en dos mundos el mismo día.

La recepcionista nos explicó cómo llegar al consulado al día siguiente. Salimos antes de las siete de la mañana. El camioncito del hotel nos llevó al aeropuerto. De ahí, el tren nos dejó muy cerca del consulado.

Desde dos cuadras antes de llegar, vimos el amontonamiento de gente. Volví a toparme con aquellos clones que trataban de quitarnos el lugar en la fila, atravesándose con descaro y prepotencia, todo porque ningún hombre nos acompañaba. No se los permitimos. Afortunadamente, debido al intenso frío, yo traía puesto un abrigo arriba del abrigo. Parecía una barda con patas. Esto hizo que no pudieran aventarnos tan descaradamente.

Al llegar a la ventanilla, cubierta totalmente con material metálico, solo oímos la voz de alguien, gritando cosas en turco, por un micrófono. Tres veces le dije en inglés:

—Estuvimos ayer en Estambul, y de ahí nos mandaron aquí, para tramitar la visa.

Por fin, alguien contestó en inglés:

—Pasen a formarse por la puerta de atrás.

Después de hora y media, y a punto de convertirnos en paletas, pudimos entrar.

Pasamos más de tres horas haciendo colas cruzadas. De pronto no sabías para dónde ibas entre tantos amontonamientos. Llenamos toda la papelería sentadas en los escalones poco transitados de una escalera. Luego necesitábamos la firma del cónsul:

—Mamá, dame todo. Tú quédate haciendo fila. Yo sé de esto.

Ella había trabajado en consulado durante cuatro años. Abrió una puerta donde decía "No Pasar", y se me perdió. Ahí de plano tuve que volver a rezar. A los diez minutos salió con una sonrisa triunfante.

—Ahora, fila para pagar.

Lo hicimos. Luego pasamos a una entrevista con alguien que no parecía clon. Nos entregó, por fin, tan valioso documento; además de una muy ligera disculpa. No quise comentar nada al respecto. No quería más líos.

A la fecha estoy enojada.

Regresamos al aeropuerto. Conseguimos un vuelo, en una línea turca, para ese mismo día, a la seis de la tarde. Carísimo. ¡Casi setecientos dólares cada boleto! Estos los tuvimos que pagar nosotras.

En esta ocasión, sí nos revisaron la visa turca, al abordar. Durante el vuelo, los pasajeros varones, sentados en la fila de atrás, se enojaron porque inclinamos el respaldo. Empezaron a empujarlo. Fingimos no entender. Llamaron a las azafatas para quejarse. Yo enderecé mi asiento, ya casi para llegar, para que dejaran de molestarnos. Mi hija, dijo:

—Que se aguanten, mamá.

El avión tardó media hora en aterrizar debido a una tormenta de nieve. Yo traía un susto en la panza solo de imaginar pasar por migración, otra vez. Aterrizamos en otro aeropuerto. No hubo ningún problema.

A las doce de la noche nos reunimos, por fin, los tres. Habíamos cruzado Europa tres veces, en dos días, y aún faltaba el regreso.

Ahí nos dimos cuenta que el hotel no era tan bueno como aparecía en la propaganda y que a mi yerno le habían cobrado el traslado al hotel tres veces más caro. Reclamó, y ya le habían regresado la diferencia.

El ambiente era igual en todas partes: vendedores peleándose por los clientes, meseros malhumorados, tours cancelados, cambios de horarios. Aceptaban tarjetas de crédito, y luego reclamaban el pago en efectivo.

Durante una visita a una fábrica de tapetes, todos muy bellos, y después de muchos *No, gracias*, el vendedor se enojó porque no compramos.

Di gracias a Dios porque ellos rezaban cuatro veces al día.

Quería pasar un fin de año diferente, y así había sido. Era el primero sin mi esposo, que se había ido al cielo. La tristeza se asomaba por todos mis poros.

Cansados de averiguar y pelear con todo mundo, decidimos quedarnos a celebrar la llegada del Año Nuevo cenando en la tranquilidad del cuarto del hotel, viendo a lo lejos algunos fuegos artificiales.

El colmo fue cuando encendimos el televisor: vimos la celebración majestuosa en Róterdam. La música de orquestas en vivo acompañaba la pasarela de fuegos artificiales de todos los tipos imaginables, sobre uno de los puentes que cruzan el río Maas. ¡Vivíamos a cinco minutos de ahí!

Todos los exabruptos sufridos valieron la pena.

La mezquita Saint Sophia, (Santa Sabiduría de Dios), me impresionó al ver la mezcla de religiones plasmada en sus altas paredes. Al pedirle al guía que nos dijera dónde estaba con exactitud La Meca, se enojó, y casi nos deporta por segunda vez.

Al visitar la Blu Mosque, la más grande de Estambul, precioso lugar entre jardines, pensé que no iba a ver de nuevo mis botas cuando las dejé entre varios cientos de zapatos, antes de entrar.

El castillo Dolmabahçe, me pareció majestuoso y solitario.

El puente colgante del Bosphorus, de más de un kilómetro de longitud, me enamoró por completo.

Los mercados amontonados y escondidos parecían laberintos llenos de objetos misteriosos; de vendedores gritando su mercancía. La ropa era exótica, exuberante y, además, barata.

El paseo por el Bósforo: profundo, caudaloso, inquietante, con agua cristalina y obscura, me hizo comprender cuál era el color azul turquesa que yo oía mencionar de niña.

Quizá, por eso, quería conocer Turquía.

¿Por cuál empiezo?

Siempre la misma indecisión:

¿Por cuál flor empiezo? ¿Por las grandes o por las de colores rojos y morados que son las más intensas? Es una mañana clara y brillante. Despliego mis alas, y mis colores se confunden con las flores. Me encanta ser mariposa. Voy de flor en flor, probando y saboreando. Tanto esplendor me embelesa: siento un dulce mareo. Me muevo de manera incierta. Me siento drogada. Trato de no perder la cordura. Ya he caído en telarañas y he quedado atrapada entre espinas. Volando bajo por el jardín, de pronto, me inquieto. Me siento observada. Todo el movimiento a mi alrededor parece detenerse. Empiezo a temblar. Ahí está, escondido y sigiloso, tratando de pasar desapercibido, el maldito gato de siempre. No sé qué hace aquí. Debería quedarse en su casa, en donde lo miman tanto. Por eso está obeso. Luce repugnante.

No puedo arriesgarme. De inmediato busco dónde esconderme. Aún así, él toma velocidad. Con sus patas traseras se avienta y brinca tan alto que siento su aliento muy cerca de mí.

Cierro los ojos y los aprieto con fuerza.

Entonces los abro: las luces brillantes de todos colores me encandilan.

Siempre la misma indecisión:

¿Por cuál me decido? ¿Por el alto y varonil o por el serio que viste como modelo?

Es una noche joven y bulliciosa.

Me levanto y dejo lucir mi cuerpo: alto, esbelto y estructural. Me encanta ser mujer. Voy de mesa en mesa, probando y saboreando. Tanta alegría me embelesa: siento un dulce mareo. Me muevo de manera incierta. Me siento drogada. Trato de no perder la cordura. Ya he caído en telarañas y quedado atrapada entre espinas.

Caminando despacio entre las mesas, de pronto, me inquieto. Me siento observada. Todo el movimiento a mi alrededor parece detenerse. Empiezo a temblar. Ahí está, escondido y sigiloso, tratando de pasar desapercibido, el maldito hombre de siempre. No sé qué hace aquí. Debería quedarse en su agujero, en donde lo miman tanto. Por eso está obeso. Luce repugnante.

No puedo arriesgarme. De inmediato busco donde esconderme. Aún así, él toma velocidad con sus patas traseras y se acerca tanto que siento su aliento muy cerca de mí.

Cierro los ojos y los aprieto con fuerza.

Entonces, los abro.

Siempre la misma indecisión…

Inocencia vivida

Eran tan frondosos y fuertes los viejos nogales de más de cien años, que a duras penas penetraban los rayos del sol al jardín de enfrente de mi casa, en donde yo jugaba en las tardes, con un grupo de cinco o seis amiguitas, después de terminar la tarea. Entonces, no volteaba a ver el cielo a menos que la pelota se elevara mucho. Cuando lo hacía, veía aquellos enormes gigantes de brazos fuertes con hojas color verde esmeralda que estaban llenos, completamente llenos de nueces con la cáscara a punto de reventar. El clima fresco y seco de Parras hacía que las hojas de los nogales se movieran al ritmo de la brisa, casi bailando, y me envolvieran en un acogedor arrullo.

Todas las casas eran del mismo tipo: de un solo piso, con paredes muy altas, de adobe recubierto y ventanas rectangulares que casi llegaban hasta el suelo, protegidas con rejas verticales de fierro. No veías dónde empezaba una casa y terminaba la otra hasta que topabas con la puerta principal de cada una de ellas.

Bebe-leche, que era brincar cuadros y círculos pintados en la banqueta con gis sin pisar la raya; Encantados, correr como locas persiguiendo a alguien; Matatena o Jacks, jugar sentadas en la banqueta con una pelotita de goma y estrellitas metálicas, y Competencia de pelota, rebotándola en las paredes haciendo peripecias, eran todo un suceso a nuestros ocho años.

Mucha gente pasaba entonces por nuestra calle. Sucedía que siguiendo adelante, un poco en ascenso, la hermosa colonia se convertía en calles sin pavimentar, llenas de polvo, sin los hermosos nogales. Un sector humilde con casitas de adobe sin recubrir o de maderas separadas por las que veías hacia adentro.

Por eso, como a las seis de la tarde, empezaba el desfile de los Borrachitos, regresando a sus casas. Nosotras dejábamos de jugar y nos sentábamos, en donde terminaba el jardín y empezaba la calle, a esperar verlos pasar por la acera de enfrente.

Para entonces, algunos amiguitos de la cuadra se habían unido a nuestro grupo, como espectadores.

Nuestra calle ancha y poco transitada hacía que tuviéramos una visión completa de toda la cuadra. Veíamos a los Borrachitos aparecer uno a uno al dar vuelta en la esquina. Arrastrando los pies, casi cayéndose, balanceándose a cada paso, despeinados, con la ropa sucia y desgarrada, con los ojos completamente rojos y la mirada vidriosa.

El primero en pasar caminaba con mucha dificultad, en aquella calle en ascenso, que para él debió de ser el Everest. Él era el Botanas. Se reía a carcajadas, y parecía que siempre venía de una fiesta. Al pasar enfrente de nosotros, nos saludaba y decía con voz aguardentosa y ronca, casi cantando: *Niños traviesos*. Levantaba su brazo derecho, como podía, y brindaba con un vaso invisible. Todos reíamos contestando su saludo; brindando con nuestro vaso también invisible. Luego seguía con su pesado y lento caminar.

Después, seguíamos sentados esperando que pasara el Siete-Sombreros. Hacía su aparición más o menos en las mismas circunstancias, solo que casi no le veíamos la cara porque traía puestos un montón de sombreros en la cabeza, todos de paja de diferentes formas: picudos, ovalados de ala ancha, sucios, rotos y chuecos. Casi siempre pisándose los pantalones con aquellos guaraches desgastados, de suela de hule grueso, que permitían que le viéramos los pies, rajados de tanta resequedad. Él era el más serio y formal. Se detenía, extendía su brazo derecho y, haciendo ademán de presidente, saludaba a la concurrencia, ¡nosotros éramos la concurrencia! Luego, esforzándose para que su voz se escuchara, nos decía: *Buenas tardes a todos*, y seguía su camino.

Por último, seguía Al-que-casi-se-le-caían-los-Pantalones que, gracias a Dios, nunca se le cayeron. Él se acercaba un poco más a nosotros, a punto de cruzar la calle, se detenía, parecía inspirarse y señalándonos con el dedo índice, nos decía con frases poco entendibles: *Niños: pórtense bien, háganle caso a sus papás*. Luego, haciendo una mueca de satisfacción, continuaba caminando, dejándonos con la incertidumbre de los pantalones.

Reíamos. Después de la función cada quién se iba a su casa a cenar. Mientras terminaba de caer la tarde, recogía mis cosas y pensaba: ¿Por qué se visten así? ¿Por qué tantos sombreros? ¿Por qué se emborrachan? Y concluía: No sé, pero yo, voy a vivir de otro modo.

Entonces, cruzando el jardín, protegida por los enormes nogales, regresaba a casa.

La inocencia vivida entonces, me dejó marcada para siempre.

El club de las despreocupadas

Realmente estaba muy incómoda.

Vi venir a los dos boleteros.

¿Qué íbamos a hacer ciento cuarenta mujeres sin boleto en el TGV de París? Media hora antes, la guía nos había llevado a un tren atestado de viajeros. Según ella, los cuatro últimos vagones nos correspondían. Antes de abordar le hice notar que había pocos lugares vacíos.

–Seguro se van a desocupar muy pronto –contestó con desenfado–. Váyanse acomodando donde puedan. Regreso enseguida. Mientras, ¿me puedes cuidar esta caja?

No había reparado en la gran caja rectangular, mucho más alta que yo, con rueditas tipo "diablito" que empujaba la pequeñita mujer que nos guiaba entre tantos y tantos trenes, brincando vías y turistas, más dormidos que yo.

Fue todo lo que dijo antes de perderse entre la multitud de la cual emanaban todo tipo de olores, ese mediodía de verano en una de las grandes estaciones de trenes parisinas. No tuve tiempo de decirle: Sabes qué, que te la cuide tu mamá. Yo ya cargaba una gran bolsa, maleta chica más maleta mediana, saco y bufanda.

Eso me pasa por novedosa. ¿Tenía que acercarme a ella y preguntarle cosas con el afán de empezar a practicar el francés?

Pensé que debido al cansancio y a la desvelada, no captaba lo que sucedía en mi entorno. Hacía veinticuatro horas que había salido de mi casa. Volé primero a la Ciudad de México. Ahí nos juntaron a todo el grupo. Toda la noche siguió el viaje para llegar al famoso aeropuerto Charles de Gaulle con el *jet lag* sobre los párpados. Ahí nos esperaban varios autobuses para llevarnos a la estación de trenes, a la cual llegué en estado comatoso.

Como las ciento cuarenta mexicanas traíamos un gafete colgando al cuello, vi como empezaron a esparcirse por todo el tren, buscando asientos libres. Yo conocía solo a una; me faltaban ciento treinta y nueve, pensé. Mi nueva amiga había sido mi compañera de vuelo y conversación durante toda la noche. Ella y yo decidimos subir al último vagón. Me ayudó con la extraña caja, no sin antes comentar:

−¿Qué onda con esta caja?

−Es de la guía. Me dijo que se la cuidara.

−¿Y dónde está ella?

−No tengo la menor idea.

Dejamos la caja junto a la puerta. Acomodamos nuestras cosas en donde pudimos. Éramos las únicas de pie, en un vagón completamente lleno.

Mi nueva amiga se fue a buscar el baño. Y así, de pie, a nivel zombi, esperando no sabía qué, de pronto vi que alguien venía corriendo como loca, atravesando un pequeño jardín, saltando sobre plantas y flores, levantando los brazos y haciendo señales. Su cabello pelirrojo y ondulado, así como todas las partes movibles de su cuerpo, brincaban para todas partes. ¡Era la guía!

Un fuerte silbido anunció que las puertas estaban a punto de cerrarse. Cinco segundos después un sonido metálico y sordo, hizo que las puertas se desplegaran con violencia. Alcancé a ver los ojos desesperanzados de la guía que veía, incrédula, cómo se le escapaba el tren. Al siguiente segundo, el tren arrancó.

¿Y los boletos?

A diferencia de lo que esperé, el poderoso TGV se empezó a desplazar tan suavemente que no sentí los más de trescientos cincuenta kilómetros por hora de su marcha. El aire acondicionado y las instalaciones elegantes, me hicieron pensar que Tom Cruise se aparecería en cualquier momento, como en *Misión imposible*.

−*Bonjour, mademoiselle*. ¿Me puedo sentar aquí? −pregunté a una joven al ver un asiento vacío a su lado.

−¡Claro! Mi tía se fue al bar, y no creo que regrese.

Benditos sean los que toman, pensé.

−*Merci beaucoup*.

Me senté, saboreando cada espacio. Recargué la cabeza y cerré los ojos por fin. Recordé que gracias a un plan muy bien elaborado, el viaje me estaba saliendo gratis.

Revisé las bases y le dije a mi esposo: "Si compro siete mil quinientos pesos, más iva, esto lo dije en voz baja, por siete meses consecutivos, y si luego organizo bazares dando la mercancía al costo, no habrá ganancias, pero recuperaré la inversión. Lo que no venda, puede ir saliendo poco a poco, pues no es mercancía perecedera". Lo increíble fue que de esa manera obtuve el segundo lugar en ventas de la zona noreste del país. Abrí los ojos, pues algo brincaba en mi estómago. No pasa nada mujer, me dije en silencio. Seguro los organizadores nos van a estar esperando en La Gacilly o en la estación más cercana, y ahí se va a arreglar lo de los boletos.

Oí risas y pláticas en español. Eran cuatro mujeres con gafete, disfrutando de lo lindo. Regresó mi nueva amiga diciendo que había ido a buscar a sus hijas y nietas: así se les dice a las personas que inicias en las compañías de Compra-directa. Algunas estaban en los vagones cinco y seis, y todas estaban disfrutando el viaje. Aparentemente nadie se había dado cuenta de nada.

Decidí unirme al club de las despreocupadas, hasta que aparecieron ¡los boleteros! Uno de cada lado. No había modo de evadirlos. Ahora sí, ¿¡qué íbamos a hacer!?

La guía no nos había dado ningún comprobante. Sin boleto puedes ir a parar a la cárcel. Decidí, entonces, enfrentarlos. Por supuesto, me dirigí al más guapo. Uno que se parecía mucho a Ed Harris. Era igualito.

Haciendo mi mejor esfuerzo, tropezando al hablar, seguramente equivocándome en algún verbo, y con acento norteño, le expliqué, en francés, lo que había pasado. Me veía fijamente como tratando de adivinar si no estaba yo loca. Me pidió que le repitiera todo. Luego, me dijo que no me cambiara de lugar, que volvería en seguida. Regresó, después de veinte minutos, con otra persona. Me preguntaron dos veces si era italiana. Por ahí andaba otro grupo extraviado. Eso era un consuelo. Me explicaron que la guía no solo no nos dio los boletos y perdió el tren; además, ¡nos había subido a un tren equivocado! En lugar de ir a La Gacilly, al noroeste de Francia, vía Rennes, íbamos al sur, a La Rochelle, vía Nantes. Se habían comunicado a París en donde además les dijeron que solo setenta personas habíamos tomado ese tren.

Y entonces me dieron el veredicto: El TGV no se detenía hasta llegar a su estación de destino, salvo causa de fuerza mayor. Por esta única vez, en diez minutos más, harían una parada con duración de dos minutos, cerca de Le Mans. En ese tiempo tendríamos que descender, todas, con nuestras pertenencias, cuidando de no olvidar nada.

Pero, entonces, ¿cómo informarle a tantas personas que ni siquiera conocía y que además estaban distribuidas por todo el tren?

—¿Me permite avisarles por el intercomunicador? Debo hacerlo en español. No creo que entiendan francés —le dije a Ed.

Ya para entonces éramos amigos.

—Sí, pero corra, porque está en el otro extremo del tren.

Atravesamos todo el tren corriendo. Llegamos a una pequeña cabina, me senté frente al micrófono y con voz clara y firme, anuncié:

—Todas las mexicanas que abordamos el tren en París hace hora y media rumbo a La Gacilly, tenemos que descender porque vamos en un tren equivocado. Tomen sus pertenencias y acérquense a las puertas del vagón en el que vengan porque en seis minutos más el tren se detendrá. Solo contaremos con dos minutos para bajarnos.

Salí corriendo. Tenía que regresar al último vagón para bajar mis cosas. Entre vagones vi, ahora sí, muchas caras de angustia. Unas a punto de llorar, otras ya lloraban. La mayoría de ellas estaban muy asustadas. Lo más extraño era que, ahora, yo me sentía tranquila. A pesar de las prisas, respiraba con normalidad.

Por fortuna, mi nueva amiga ya estaba en la puerta con mis cosas. Un minuto después, el TGV, se detuvo.

Bajamos, todas, con todo.

De alguna manera, entre varias, pudimos cargar la caja.

Ed y yo nos despedimos.

–Es muy importante que esperen aquí. Ya no te preocupes. Vienen más tarde por ustedes. ¡Qué bueno que hablas francés! –me dijo sonriendo y diciendo adiós.

Eran como las tres de la tarde, y nos dejaron ahí, como ganado, abandonadas. En medio de rieles que cruzaban en todas direcciones. Todo lo que había era una pequeña caseta con paredes de vidrio. Sin bancas y sin baños. Luego nos enteramos de que la temperatura era de cuarenta grados.

Empezaron las preguntas y averiguaciones: "¿Pues qué pasó? ¿Cómo supiste? ¿Por qué hablas francés? ¿De dónde eres? ¿Hasta cuándo vamos a estar aquí? ¿Podemos ir a buscar un baño?".

Pasaban varios guardias, y todos me decían lo mismo: "Esperen aquí".

No sé qué fue: si la rabia que me hacía sentir la guía pelirroja, estúpida, o la curiosidad, pero decidí abrir la caja. No merecía, además de todo, que le cuidara su encargo. Ya bastante nos había complicado el día. Sin embargo, la sorpresa fue muy grata: un delicioso olor a pan verdaderamente francés nos iluminó la mirada y alborotó nuestros sentidos. Encontramos *baguettes* con jamón, quesos y otras carnes frías más otros tantos jugos perfectamente acomodados. Sentada, cada cual sobre su maleta, se formó una gran verbena. Ya relajadas les comenté que ese extraño día era mi cumpleaños. Inmediatamente se escucharon las *Mañanitas* en territorio francés. Varias comimos doble ración y nos terminamos todo. Siguieron las fotos y me dieron las gracias como mil veces.

Durante las tres horas y media que estuvimos ahí, nadie se atrevió a salir de esa área, ni para buscar los baños por miedo a quedarse si de pronto nos recogían. Por fin llegaron tres guías con cara de pocos amigos. Era el colmo: ¡idiotas y engreídos! Casi sin hablarnos, nos subieron a un tren de tercera que iba como a cuarenta kilómetros por hora y con olores aún peores que los del mediodía en la estación de París. Ya para entonces nos estábamos acostumbrando. Llegamos al hotel a las ocho y media de la noche.

Por ahí hubo una que preguntó:

–¿Ustedes traían una caja con *baguettes*?

—¿Cuál caja? —contesté.

Todo mundo se enteró de lo que había sucedido en el TGV.

Me hice famosa, y conocí a las ciento treinta y nueve que me faltaban. Me tomé fotos con todas. Me separaban lugar en todos los eventos y me invitaban a su mesa. Me convertí en la traductora oficial. El clima caluroso había cambiado a templado y fresco. Luego de tres días en el típico y tranquilo pueblo francés, disfruté nueve días París.

¡Para eso había pasado por todos esos enredos! Paseos, visitas, shows, hotel de lujo y comidas incluidas.

Puro sufrir.

La brisa que respiré en el paseo por el Sena: empapó mi felicidad.

Entonces, sí me convertí en socia honoraria del club de las despreocupadas.

Mareo flotante

Sin duda tenía que haber alguna relación: cada vez que decidía usar esos aretes, se lo encontraba.

Lucía titubeó. Ya eran demasiadas coincidencias. Estaba segura de que, de alguna manera, él aparecería, aún si cambiara de planes a última hora.

Una vez se los tuvo que quitar para que él no pensara que no tenía otro par.

Ahora estaba a punto de llevarse un par de repuesto, por si acaso. Esos aretes tenían el poder de llenar su vida de luz. Largos casi hasta los hombros, hacían que su cuello luciera más. Gotas de cristal de varios tamaños, en forma de racimo; en tonos de rojo que iban del cereza al rojo-naranja; brillando y moviéndose al mismo ritmo que ella.

El hecho de querer usarlos, ¿indicaba que ella quería verlo una vez más? ¿No era volver a lo mismo y a lo mismo y a lo mismo?

Sería, entonces, sentirlo otra vez cuando se acercara, aún sin verlo. La emoción del probable encuentro produciría en ella una revolución entre corazón, estómago y sangre. La sangre no sabe nunca qué dirección seguir o para dónde correr. El estómago repela: Oh, no, tan a gusto que estoy funcionando. El corazón, en esas circunstancias, se acelera y palpita locamente: no brinca más porque no hay espacio suficiente. Calor y susto, al mismo tiempo, empezarían a apoderarse de todos los rincones de su cuerpo.

Al saludarla, él diría de nuevo, susurrándoselo al oído:

–Tus manos están muy tibias…

Él jamás sabría que unos segundos antes de encontrarlo, esas manos siempre estaban frías.

Luego, el cortejo seguiría adelante: platicar, cenar o bailar, según la ocasión, con todo ese caos dentro de ella.

Comprendería, una vez más, que cuanto más tiempo estuviera a su lado, la emoción y la esperanza irían creciendo, avivados sobre todo por los encuentros tan cercanos entre manos y brazos, con pequeñas caricias que él le haría de forma muy familiar en el rostro. Como siempre, todo esto le produciría un mareo flotante. Lucía esperaría, en vano, un cambio. Algo que le dijera que esta vez las cosas podrían ser diferentes: ir en otro rumbo. Pero nada. Él no haría promesas. Con elegancia, eludiría la plática de un encuentro cercano y planeado.

Corazón, estómago y sangre volverían de nuevo a normalizar las labores. Seguro que dirían: Tanto alboroto, para nada.

Entonces, Lucía toma los aretes, los guarda con cuidado en una bolsa transparente, luego, dentro de otra obscura y, por último, en una caja pequeña. Los coloca en la parte más profunda del cajón y piensa: Me encantan, pero espero no volver a usarlos.

Busca otros de entre los muchos que se asoman alegres, coquetos y brillantes en su joyero de varios pisos.

Sonríe.

Diez de mayo

Todo el bullicio que implica ese día se manifestaba en todas partes. Algarabía, prisas, apretujamientos y reuniones, todos al mismo tiempo, hacían que en mi mente se amontonaran todo tipo de sentimientos.

Y en ese momento era aún peor.

Mi mamá lloraba y gritaba.

Sus sollozos irrumpían en mí y destrozaban los pocos castillos y las muchas fantasías que deambulaban en mi cabeza a mis seis años.

Mi abuela materna y dos de mis tías fabricaban y vendían ropa para dama. Eso hacía que las dos tiendas, casi una enfrente de la otra, estuvieran abarrotadas, sobre todo ese día. El llanto escalofriante de mamá empezó a retumbar con tal potencia que se hizo el silencio.

Traté de acercarme a ella.

Quería entender.

Era muy inquietante ver derrumbada a quien me sostenía en cualquier circunstancia. Aventando y pasando entre no sé quiénes, pude llegar a ella. Su mirada perdida, llena de lágrimas, no reparó en mí ni un instante. Me di cuenta que estaba más perdida que yo.

Desfigurada, despeinada, descalza, con los zapatos de tacón en la mano, gritaba:

−¡¡¡Se robaron a José Luis!!! ¡¡Se llevaron a mi bebé!!

Con exactitud yo no entendía qué pasaba, ni qué quería decir eso.

−Hace rato estaba sentado en la balanza de afuera. Dicen las muchachas de enfrente que unas señoras pasaron, le dieron la mano, él se levantó y se fue con ellas como si las conociera. ¡Se lo llevaron! −sollozaba mamá−. Las empleadas de la esquina dicen que pasaron por ahí hace como diez minutos. ¡Dios mío! ¿Qué voy a hacer? Ayúdame, Señor −mamá suplicaba, lloraba y rezaba al mismo tiempo.

Con un gran susto dentro de mi pequeño cuerpo veía, desde abajo, cómo las lágrimas de mamá mojaban su vestido.

Mi hermanito menor tenía dos años. Era robusto. Su cabello liso y rubio le llegaba casi hasta los hombros; contrastaba con sus ojos negros. Con mejillas, codos y rodillas redondos y suaves. Debido al intenso calor de mayo en Monterrey, mamá lo había vestido con shorts, una camisa marinera de algodón y sandalias. Lucía bello.

Llegaron tres policías correctamente uniformados. Mamá corrió a recibirlos. Desde mi poca altura veía con preocupación cómo los muy bien boleados zapatos de los recién llegados contrastaban con los pies desnudos de mamá.

—¡Encuentren a mi bebé! ¡¡Por favor!! —suplicaba mamá sin dejar de llorar.

—Sí, señora. ¿Tiene alguna fotografía del niño?

Mamá empezó a sacar con desesperación todo lo de su bolsa hasta que encontró una fotografía. Se la entregó a uno de los policías. Me buscó con la mirada. Vi sus grandes ojos castaños, casi amarillos, sumidos en el dolor y la amargura. Posiblemente pensando que yo entendía la gravedad del momento, me dijo:

—Ojalá que tu papá no escuche las noticias en el automóvil, cuando regrese del rancho.

Sus temores eran fundados. Papá, cuando manejaba solo, escuchaba la radio.

Por lo pronto, nos encerraron a mi hermano, dos años mayor que yo, y a mí, en el vestidor de la parte trasera de la tienda. Seguramente mamá tenía miedo de perder a otro hijo. No podía más en esos momentos en que sangraba de dolor.

Desfilaron por ahí infinidad de vecinas, que tenían su negocio en el mismo pasaje peatonal que mi abuela y mis tías tratando de ayudar, entreteniéndonos con pláticas y juegos para que no nos asustáramos tanto. La cercanía de los negocios a ambos lados del pasaje permitía que todos se conocieran y se trataran como una familia. Todos ellos sabían muy bien quiénes éramos, y sentían la angustia que estábamos viviendo.

Una de mis tías encendió la radio. Cada media hora anunciaban el suceso dando nombres y apellidos. Mamá lloraba más cada vez que los escuchaba.

Después de cinco interminables horas llegaron varios agentes policiacos. Estacionaron patrullas a ambos lados del pasaje e hicieron su entrada triunfal con el bebé en los brazos. Habían resultado ser superhombres. Lo que quedaba de mamá, que seguía descalza, corrió y tomó a su bebé abrazándolo y besándolo con desesperación. Quiso agradecerles, pero había perdido la voz por completo. Descolorida y temblando, vi que les daba un montón de billetes amontonados a los oficiales. Ellos no los aceptaron. Eran finales de los cincuenta: las cosas eran distintas.

Explicaron que al dar vuelta en una esquina encontraron al pequeño solo. Unos metros adelante iban tres mujeres. Ellas aseguraron que el niño ya estaba ahí cuando pasaron.

Unos meses después llamaron a mamá para avisarle que las habían pescado en un tren, robando una niña.

Papá no supo nada hasta esa noche que regresó.

Mamá se enfermó del hígado y de la vesícula. Nunca se recuperó por completo.

A veces, cuando veo lo alto, fornido y guapo que es mi hermano, me pregunto:

¿Lo reconocería ahora, al verlo, si esos estupendos hombres no lo hubieran recuperado aquel espantoso diez de mayo?

Decidí, decidir

En su cabello obscuro y liso se reflejaban los primeros rayos del amanecer haciéndolo ver brillante y rojizo. Sus grandes ojos castaños, muy irritados, trataban de releer lo ya escrito. Dolía leer después de una velada casi sin dormir y con largos períodos de llanto. Era difícil continuar con lo empezado desde la noche anterior. Parecía imposible que estuviera amaneciendo.

"Toda la noche con lo mismo, y no puedo terminar", pensó Mía.

La recámara completamente en desorden contrastaba con la maravillosa montaña en tonos verdes, salpicados con los primeros rayos del sol, que ella podía ver desde el ventanal del departamento, en el cuarto piso.

Haciendo un esfuerzo y retirándose el cabello de la frente, volvió a leer, solo que esta vez lo hizo caminando, sorteando ropa y zapatos tirados sobre la alfombra.

> *Esteban:*
>
> *¿Te fijas? Ya no eres ni mi amor ni mi rey. Todas estas discusiones absurdas de los últimos seis meses, han hecho que lleguemos a este momento, en donde somos casi desconocidos .*
>
> *Cuando decidí empezar esta aventura e iniciar una vida contigo, tenía la firme convicción de llenarme de ti, de ser parte de tu vida, de disfrutar cualquier ocasión a tu lado, de acompañarnos siempre, de tomar las decisiones en común acuerdo.*
>
> *Era tanto mi amor, que con solo verte, cambiaba mi mirada. Tu sola presencia me llenaba de alegría y optimismo, me sentía orgullosa de ser tu pareja y podía sentir tu apoyo y tu protección.*

Mientras te esperaba, con solo imaginarte, sonreía sin darme cuenta. Nuestras conversaciones llenas de risas, hacían que el tiempo se deslizara más suave que una brisa frente al mar. En realidad yo no pedía nada ni quería nada: solo ser correspondida.

Mía sintió mucho frío. Se dio cuenta de que temblaba, y dejó de leer. La interminable velada y sus muy cortas pijamas, que dejaban al descubierto sus largas y muy bien formadas piernas, no fueron suficientes para calentar ni su cuerpo ni su corazón. Tomó una capa y se acurrucó en el fondo del diván.

Continuó leyendo:

Pero eso nunca quiso decir que yo iba a pensar igual que tú, que iba a hacer lo que tú decidieras, sin tomar en cuenta mi opinión; ni que tú ibas a estar siempre en lo correcto.

Mis virtudes las ves ahora como defectos, y tus crueles comentarios o "bromas", en un principio me incomodaban, luego me causaban dolor, después desamor, y ahora me producen una enorme rabia.

Todo esto está muy discutido ya, lo hemos hablado, aclarado, confrontado y gritado. En realidad no me escuchas. Esa posición es muy cómoda para ti. Espero que al menos de esta forma, algunas palaras toquen lo que te pueda quedar de sensibilidad.

Veo con tristeza que, o fingiste muy bien, o no te pude conocer verdaderamente.

Estos últimos meses he tratado de que entiendas, aunque sea un poquito, mi punto de vista; que entiendas que soy otra persona que vive a tu lado. Ojalá pudieras ampliar los márgenes de tu corazón y tu mente, dejar tu ego por un momento y ver a lo que hemos llegado, y lo que vamos a perder.

Pero como me lo dijiste hace tres días antes de tu viaje: "Acostúmbrate mujer, así soy yo". Pues bien el que

va a tener que "acostumbrarse" eres tú, porque yo, ya de-
cidí decidir. Mis expectativas ahora son muy diferentes a
las tuyas. Me voy cuando no estás. En realidad no tengo
ganas de verte ni siquiera una vez más.

Ya no te quiere:
Mía.

De pronto, el frío se fue. Se puso de pie, la capa cayó y, pasando sobre ella, se acercó al ventanal: la montaña lucía brillante abrazada por un sol joven. La luz del día alegró su corazón. Sonrió. El desorden del cuarto le pareció maravilloso, indicaba que se marchaba…

Puertas

Una corriente de aire frío arrebató la perilla de su mano e hizo que la puerta pesada de madera, rechinando, golpeara con gran fuerza. El viejo marco, carcomido por las termitas, vibró y escupió polvo. Pilar se estremeció.

El silencio invadió la abandonada agencia. La poca luz que entraba por una ventana le permitió ver señales de pelea: sillas quebradas, escritorios fuera de lugar y un librero alto, de madera rústica, que estaba a punto de caerse, sostenido por la pared.

Insegura, dando pequeños pasos, tratando de ver algo, dijo forzando la voz:

—¿Hay alguien aquí?

Un débil quejido llegó a sus oídos. De reojo pudo ver algo, o a ¿alguien?

¿Será?... No, no... ¡No!

El atardecer hacía que en la penumbra apenas pudiera distinguir, sobre la duela, un cuerpo inmóvil. Algo le decía que no debería estar ahí; que no debía haber reclamado tantas veces; que no debió amenazarlo ni debió ir a enfrentarlo entrando por la puerta de atrás. Al acercarse, sintió sus pasos pegajosos. Un olor ácido y salado lastimó su nariz. La sangre se veía más obscura y se sentía más espesa.

Aquel hombre robusto, casi en agonía, parecía querer decirle algo. Pilar se arrodilló sobre el charco de sangre y, entonces, pudo verle la cara. Alguien había dado su merecido a ese fraudulento hombre; alguien con menos paciencia que el resto de sus víctimas, entre las que se encontraba ella.

Todo su cuerpo temblaba. El sudor y sus lágrimas se mezclaban. En medio de toda esa pesadilla, pudo distinguir una daga con empuñadura de oropel, clavada en el vientre del hombre, de donde aún brotaba sangre.

–Ayúdeme.

Ahora le suplicaba el hombre que tantas veces la ignoró. Sin reflexionar, sacó el arma de un tirón. El hombre emitió un gemido y, luego de un suspiro, se desvaneció.

Pilar se puso de pie. ¿Qué hago ahora? ¿Qué sigue? Tengo que pedir ayuda, pero… nadie me va a creer. De pronto, toda la opresión en su garganta explotó en un grito, cuando oyó un portazo.

***

La gran puerta de caoba labrada, elegante y fuerte, se abre, y entra el fiscal.

–Señor juez, aquí está la prueba que faltaba.

El fiscal coloca la daga sobre un escritorio.

–Tiene las huellas de la acusada. Esto, junto con la ropa y los zapatos, más las cintas telefónicas, en donde se escuchan sus amenazas, son pruebas suficientes –agrega.

Por más que Pilar grita su inocencia, todo está en su contra.

Al límite de sus fuerzas, se desmaya.

–Atiéndanla –dice el juez–. La audiencia continuará el día de mañana a las diez a. m.

El juez sale y azota la puerta.

***

La reja cubría todo lo ancho y lo alto de la entrada a la lavandería. La guardia abrió la puerta incrustada en la reja después de utilizar diferentes llaves.

–¡Y te apuras, infeliz! Tienes tres horas para lavar toda la ropa, si no, ya sabes lo que te espera –dijo.

Pilar, ojerosa y más delgada, sabía que no era solo una amenaza.

Empezó a meter la ropa en las máquinas.

De pronto, de entre los montones de ropa, saltó la Mechas: traía, en la mano derecha, una navaja.

64

–Así te quería agarrar: solita. Con que muy alzada, ¿eh?; con que no me haces caso. Pues, ¡toma, perra! ¡Toma, toma, toma!

Pilar sintió un ardor hirviente cada vez que la navaja entraba en su vientre. La sangre escurrió por sus manos. Reconoció el olor ácido y salado. Cayó al piso sobre un gran charco de sangre obscura y espesa. Alcanzó a oír llaves abriendo una puerta.

***

La puerta, blanca e inmaculada, se abrió. La enfermera dijo:
–Es un parto difícil. La madre y el producto están en dificultades. El ginecólogo va a optar por la cesárea. Necesito dos litros de sangre.

Pilar abrió los ojos con dificultad. Había mucha luz. Estaba muy asustada. Aún así, vio como su madre sufrió con abnegación para que ella naciera. También pudo ver el bisturí sobre la charola, junto a la camilla, y, entonces, tomó una gran bocanada de aire y empezó a llorar.

La puerta se abrió y entró el pediatra.

***

Los treinta y ocho grados a la sombra, aquel día del verano, junto con la inexperiencia de sus diez y ocho años, hicieron que Pilar abriera las cuatro ventanillas de su auto. El aire acondicionado, descompuesto, hacía que se sintiera asfixiada.

Esperaba el cambio del semáforo cuando, de pronto, alguien abrió la puerta trasera, y le gritó:
–¡Dame tu bolsa y tu celular, perra!

Ella titubeó. Solo veía por el espejo retrovisor a un barbudo, con cachucha, que apestaba a diablos.
–¡Dámela o te parto en dos! –dijo, poniéndole un cuchillo de cocina en el cuello.

Casi sin moverse, Pilar trató de encontrar, tanteando con la mano, la bolsa en el asiento del copiloto, y como pudo la aventó hacia atrás mientras decía:
–El celular está adentro.

–Más te vale, pendeja.

Dando un portazo, el barbudo salió del auto. Pilar sintió calor en el cuello y percibió el olor a ácido y salado.

La habían herido.

***

El personal de la agencia la trataba como a una princesa. Aquello parecía un sueño. Pilar se enamoró de él desde que lo vio: color champagne, dos puertas, deportivo. Además, el precio del auto "seminuevo" lo hacía muy accesible. Seis meses después, se dio cuenta de que su gran automóvil resultó ser chocado. "Pegado con cinta adhesiva". En la primera descompostura, tronó. No volvió a funcionar. Había sido una estafa.

Cansada de pedir, luego de tratar de llegar a un acuerdo, sin ningún resultado, tuvo que cambiar su estrategia: demandando y reclamando con fuerza, para después amenazar.

–Se va a arrepentir.

***

Una corriente de aire frío arrebató la perilla de su mano e hizo que la puerta pesada de madera, rechinando, golpeara con gran fuerza…

Pequeño azahar

Desde que era un pequeño botón de azahar me asomé a este rollo. Entonces pude ver el cielo azul y sentir la brisa cálida de la huerta en donde nací.

Conforme crecía me di cuenta que éramos un montón de cuates y que todos vivíamos en el mismo vecindario. Me la pasaba echando relajo y carcajeándome con los chistes que por turnos cada uno contaba en el frondoso edificio en donde viví mi niñez. Era tanto el bullicio que teníamos toda clase de insectos como visitantes no deseados. Al ir embarneciendo, mi fuerte y agradable perfume me hizo muy popular. Para mi buena suerte empecé a conocer a muchísimas abejas que andaban tras mis petalitos. Había unas muy facilonas, ofrecidas y urgidas. Se la pasaban dando vueltas alrededor de mí. Tuve muchos acercamientos pues las muy rogonas se me echaban encima sin siquiera decir: ¡*Ahí te voy!* La tentación era mucha.

No tardó en aparecer la que sería la dueña de mis futuros gajos. Era hija consentida de la abeja reina. Tenía los ojos más grandes que todas. Su figura hizo que yo, de plano, aflojara toditito. Aunque nunca la volví a ver, me enteré que la dejé herida y que se quedó encerrada trabajando con su mamá.

No tardé en empezar a notar cambios en mí. Me convertí, primero, en una pelotita verde. Para nada me pareció. Mi susto bajó cuando me di cuenta que a toda la raza le estaba pasando lo mismo.

Gracias a toda el agua que cayó del cielo, cuando se ponía gris, y a los cuidados de unos seres raros de dos patas, de los cuales nadie nunca me platicó, crecí y crecí convirtiéndome en un enorme individuo anaranjado, con piel encerada.

Soy mucho más grande que la mayoría de mis cuates de toda la vida.

Ahora, en la canasta en donde me encuentro, esperando no sé qué, casi no me acuerdo por cuántas maromas he pasado. Mis semillas me hacen sentir que, pronto, seré un pequeño botón de azahar, que volveré a disfrutar del cielo azul y sentiré la brisa cálida, en otra enorme huerta.

¿Qué hora será?

Elena no entendía bien qué había pasado. Su rostro lucía ahora descolorido y sin expresión, con algunos rapones y manchado con ceniza negra. En contraste, sus ojos pequeños y muy obscuros trataban con ansiedad de ver lo que su mente no podía comprender. Despeinada y con el rímel completamente corrido, descubría nuevas heridas y moretones por todo su cuerpo, cada vez que se movía. Cerró los ojos e hizo la cabeza para atrás. Quería normalizar su respiración, que aún era muy agitada, y ordenar sus pensamientos. Gotas de agua o de sudor caían de su frente, y sentía muy pesada su ropa mojada. Al levantar el brazo izquierdo para secarse, casi grita del dolor tan intenso. La herida en su antebrazo, rodeada de lo que quedaba de su antes suéter claro, parecía tener vida propia. Recordó entonces aquella brasa cayéndole encima al salir corriendo del cuarto.

De la alfombra del *lobby*, en donde se encontraba en ese momento, con aquellas enormes flores de colores brillantes, tan suave que se hundían los pies al caminarla, no quedaba más que manchas obscuras y estaba completamente empantanada.

–¿Qué hora será? –se preguntó.

Empezó a ver que a su alrededor había mucho movimiento. Algunos bomberos entraban y salían dando órdenes.

–¿Se siente bien, señorita? –le preguntó uno.

–Creo que sí –contestó en voz muy baja.

Veía gente herida caminando y llorando; gente con la mirada perdida; camilleros y mucho personal del hotel. El olor a quemado y ahora remojado, lo sentía dentro de su nariz y le lastimaba la garganta. Extraños ruidos de muebles tronando y objetos cayéndose llegaban de todas direcciones.

Ella permanecía ahí observando todo, de pie y sin moverse. Por fin pudo bajar la vista y ver algo pesado apoyado en sus piernas. No lo podía creer: era el reloj de la escalera. Su obsesión por los relojes y por la increíble manera en que el tiempo avanza según las circunstancias, había hecho que en su loca carrera, descendiendo hacia el *lobby*, tomara aquel bello reloj de péndulo que se veía en lo alto de la amplia escalera y lo salvara de aquel repentino infierno.

Se le acercó un hombre de unos cuarenta y cinco años que seguramente vestía muy bien antes del incendio. Su saco sport azul intenso hacía juego con el pañuelo de seda que llevaba en el cuello.

—Es usted la señorita del ciento veintidós, ¿verdad?

—Creo que sí —le contestó.

—No hay forma de agradecerle que salvara el reloj de caoba. Es un recuerdo de varias generaciones de mi familia. Estoy verdaderamente impresionado.

—Disculpe, ¿qué hora es? —preguntó Elena, sin hacer caso de lo que el otro le decía.

—Cerca de las cuatro de la tarde.

—¿Puedo subir al cuarto? Olvidé mi reloj-pulsera sobre el buró…, regalo de mi abuela.

—Imposible, es peligroso. Le prometo revisar el lugar personalmente. Por el momento, necesita atenderse esa herida en el brazo y descansar. Para cualquier cosa estoy a sus órdenes. Búsqueme. Soy el señor De Lacroix, y muchas gracias otra vez.

Tomó el gran reloj, con manecillas y números romanos dorados, no sin antes titubear, pues parecía pesado, pero al final se lo llevó. No sé cómo pude cargarlo, pensó Elena.

Las ideas y pensamientos llegaban despacio, tropezándose entre sí. Los horarios de su mente continuaban confusos. No encontraban su secuencia. De pronto, una imagen llegó… ¡Julián! Fue entonces cuando todo se aclaró. Hacía menos de una hora que había llegado al hotel. La decisión de visitar a su novio en Mónaco había sido fácil, esa ciudad le encantaba. Sobre todo en verano. Aquello sería un fin de semana maravilloso.

En seguida su cara se endulzó cuando recordó a Julián. Ojalá no se alarme cuando escuche las noticias.

Al entrar al gran hotel, le impresionó su enorme hall, con la alfombra suave en la que parecía flotar. Entonces, era imposible dejar de ver el hermoso reloj colgado en lo alto, al finalizar la escalera principal. Era más ancho de lo normal y de oro, según supo después. Además, se le escuchaba con sus suaves melodías cada quince minutos. Después de registrarse, lo único que ella quería era descansar, pues había empezado su viaje muy temprano. Así lo hizo al llegar a su habitación en el primer piso. Checó la hora en su reloj-pulsera: eran las tres veinte. Solo aventó las maletas y se dejó caer en aquella enorme cama. ¿Cuánto tiempo? Para ella que siempre le descontrolaba ese tema, era imposible saber. Cuando estaba casi dormida, de pronto escuchó un tremendo estruendo. Empezaron a caer pedazos de la estructura del techo sobre ella. Se tiró al suelo; salió a gatas del cuarto, sintiendo que retumbaba el edificio completo. Una brasa quemó su antebrazo cuando corría por los pasillos. Llegó a la escalera. Vio el reloj de pared y, sin pensarlo, lo descolgó, abrazándolo y protegiéndolo con su cuerpo, a pesar de las heridas.

Elena sentía que todo sucedía rápido y pausadamente al mismo tiempo. Eso le hacía pensar que estaba en otro existir y que no era real. ¿Por qué a veces tan rápido y a veces tan lento el pasar del tiempo? Eso la obsesionaba siempre.

Ahora sí sentía que necesitaba ayuda. Sus piernas, muy débiles, solo podían dar pequeños pasos. Tenía mucha sed y empezaba a temblar de frío. Se encaminó hacia las asistencias. Solo esperaba la llegada de Julián para que la sacara de ahí. Quería salir y llenar sus pulmones con la brisa fresca, limpia y sin olor a quemado. En eso estaba cuando oyó su voz, pidiendo permiso para encontrarse con ella. Los bomberos no permitían la entrada. Oyó sus gritos: "¡Elena! ¡Elena!". Corrió brincando escombros. "¡Qué felicidad que estés bien!", dijo, y la abrazó con dulzura para no lastimarla. Ella lo abrazó con las fuerzas que le quedaban y empezó a llorar en sus brazos, estremeciéndose y entendiendo, al fin, lo que había pasado.

Al salir del hotel escuchó que alguien la llamaba:

—¡*Mademoiselle* Elena! —Era un empleado del hotel.

—*Monsieur* De Lacroix encontró su reloj-pulsera. No está dañado.

Quizás algún día encontraría alguna explicación. Por el momento no se iba a preocupar más, por el intrínseco transcurrir del tiempo…

Los deseos de la brisa

La emoción estaba en el aire. No importaba la apariencia de aquel viejo cuarto, medio obscuro, usado como vestidor, al lado del salón de actos del colegio. Aún con las paredes altas, de adobe recubierto y medio despintadas; el piso de piedra negra pulida y encerada, que pudieran parecer lúgubres y melancólicos, yo sentía que la emoción contenida se atragantaba en mi garganta. Toda la sangre a velocidad máxima daba vueltas por mi cuerpo. Traía puesto el vestido blanco, largo, de encaje y con holanes que me habían comprado para mi primera comunión.

Sentía que flotaba.

Lo había usado solo durante la misa y la sesión de fotos.

Al llegar al almuerzo, me había dicho mamá:

–Te traje ropa para que te cambies. Aquí vas a andar corriendo. No quiero que maltrates tu vestido nuevo. Se lo vamos a prestar a tu prima Leticia, para que no gasten en eso.

No me molestaba prestárselo, pero aún no me lo quería quitar. Me gustaba tanto que quería ponérmelo todos los días.

Traté de convencer a los altos mandos, pero no pude. Ya no corrí ni sentí que volaba con él. Sin embargo, se hizo una excepción porque dos días atrás les habían avisado a mis papás que, por votación salón por salón, habíamos quedado como finalistas dos alumnas de segundo año de primaria para el certamen de reina de la primavera de ese año. A falta de tiempo, las dos niñas íbamos a usar el vestido de nuestra, recién hecha, primera comunión. El destino estaba de mi lado. Por eso yo lo disfrutaba de nuevo a cada momento dando vueltas y vueltas viendo como mi vestido flotaba conmigo.

Estaban ya reunidos maestros y alumnos sentados en el patio principal en medio de los arcos y el pasillo que rodeaba todos los salones de aquella enorme casa antigua, luego convertida en colegio. La madre superiora, al frente de tan importante evento, estaba a punto de sacar de dentro de un gran florero de vidrio trasparente uno de los dos papelitos en los que estaban escritos dos nombres: Rosa Isabel y Rosa María.

En el vestidor esperábamos con impaciencia el resultado las dos candidatas y la maestra. La triunfadora, además de ser la reina por un año, podría usar una crinolina que haría lucir más el vestido. En el momento de saber el resultado, había que ponérsela rápidamente para luego salir al patio, en donde estaba todo mundo, y ser coronada ante los súbditos.

Los segundos se alargaban, y más para nosotras que no veíamos ni oíamos nada en donde nos encontrábamos.

De pronto, se abrió la vieja puerta de madera y entró alguien de quien no recuerdo su cara, y dijo con tono de tener prisa:

—¡Ganó Rosa Isabel! Rápido: ¡que se ponga la crinolina!

Mi termómetro de la felicidad, revuelto con la emoción, subió de forma descontrolada. De pronto detuvo su ascenso cuando vi a Rosa María. Sus ojos obscuros sobre una cara exquisita, blanca como porcelana y sin expresión, miraron hacia abajo. Ella era mi amiga. Mi muy querida amiguita y vecina. Todo lo que pude decir fue:

—Mejor, no me la quiero poner.

—¡Claro que sí! Apúrate, que nos esperan —me dijo la maestrasargento.

Salimos de prisa para luego subir los escalones que nos conducían hacia la tarima. Era la misma que usábamos en las fiestas escolares. En esta ocasión, decorada con palmas y flores de todos colores. Nos esperaban ahí, de pie, las damas de honor. Todas con vestido blanco, corto. Luego me enteré que ellas eran las candidatas con pocos votos que habían sido derrotadas. Nos sentamos en sillas cubiertas con terciopelo acomodadas en forma de media luna. Mi lugar, el trono, era, por supuesto, un sillón más grande, al centro. A mi lado esperaba un pequeño chambelán de ojos verdes, empacado en traje obscuro con corbata de moñito. Alguna ventaja debería de tener ser "la reina".

El evento tenía lugar a la hora del recreo. Ya sentada pude observar las grandezas de mi futuro reino. El cielo estaba limpio y muy azul, acompañado de una ligera brisa fresca y relajante. Como pude, busqué la mirada de Rosa María. Ella sonrió. La madre superiora colocó la pequeña corona en forma de diadema en mi cabeza. Mi cabello de niña recogido siempre en cola de caballo lucía suelto por completo: liso, brillante con destellos dorados; después una gran onda en los hombros se iba hacia la espalda hasta llegar a la cintura. Lo sentía moviéndose con libertad, obedeciendo los deseos de la brisa. En el momento de la coronación yo no dejaba de empujar dos de mis dientes flojos con la lengua. Apacible y contenta, sonreí con satisfacción mostrándoles a mis nuevos súbditos, además, que a la nueva reina ya le faltaba un diente.

Espalda baja

Siempre tengo problemas para encontrar un lugar donde colgar un desnudo a la acuarela que me regaló mi prima Lucy. Ella maneja este arte a la perfección. En sí, el cuadro es pequeño, pero bastante evocador. La larga espalda, perfecta, con la cintura muy marcada, de la *femme* en cuestión, es lo que predomina. Su cabello recogido en un chongo informal deja caer algunos mechones destacando aún más el hermoso dorso y dejando ver su esbelto cuello. En esta posición vemos solo el perfil de su cara, con la mirada hacia abajo, como apenada; nos muestra sus largas pestañas y su exquisita nariz, pequeña y bien definida. Con la mano derecha trata de arreglar su cabello. La mano izquierda cae a su lado casi flotando: en el dedo índice lleva una media perla, redonda y grande, sobre una base dorada. Esa es toda su vestimenta. La culminación del cuadro viene al bajar la mirada y observar la parte donde la espalda deja de llamarse así. La redondez de los glúteos, apoyados en sus bien formados chamorros, traen a la memoria escenas sensuales. Los múltiples colores de la acuarela parecen dibujar la piel rosácea, dando una sensación aterciopelada y profunda a tan bella parte del cuerpo.

Un día colgué el cuadro en una esquina del recibidor. El marco de madera café, rojizo, combinaba con los muebles.

Un día, también, llegó mi primo Peter, hermano de Lucy. Él es alto y güero, desparpajado y muy norteño: parece vaquero. Al entrar en la casa quedó atrapado con la acuarela. Entonces, dijo:

—Ay, tú disculparás mi refinamiento, pero las nalgas de esa mujer están... —pareció patinar un momento—, perdón, son muy hermosas.

Desde entonces, el cuadro lo tengo en mi vestidor.

Siempre tengo problemas para encontrar un lugar dónde colgar un desnudo a la acuarela que me regaló mi prima Lucy.

Bajar a obscuras

Abrí los ojos. Un ruido en la planta baja me despertó. Según las luces tenues de mi despertador, eran, casi, las tres de la mañana. Descalza, de puntitas, me encaminé a la escalera. Al llegar me detuve. Esperé unos segundos: sentía el corazón en la garganta. A pesar de estar la luz apagada, podía distinguir el primer segmento de la escalera, hasta el descanso. A través del ventanal con persiana y cortina transparente, se colaba algo de iluminación del parque de enfrente. No sabía qué hacer.

No podía despertar a mi marido otra vez. Dos semanas antes lo hice que se levantara a medianoche, un par de veces, para que revisara la escalera porque estaba segura que uno de los niños se había caído. Era una pesadilla. Por lo tanto: marido descartado.

Fue entonces cuando contemplé la posibilidad de bajar.

Sí, pero bajar sin encender las luces.

Mis absurdos pensamientos me decían que al encender la luz alertaría a quien fuera que estuviera abajo. Quería sorprenderlo infraganti. ¿Y luego qué? Quién sabe. Hasta ahí llegaba mi plan. Nunca pensé en lo que pasaría después en caso que, de verdad, hubiera alguien abajo.

Decidí bajar a obscuras. Muy despacio. Seguía descalza. Estaba tan fría como el mármol que pisaba. Conocía de memoria mi casa. La escalera amplia contaba con apagadores arriba y abajo. Agarrada del barandal, distinguía a mi izquierda a través de los barrotes de madera que daban a un pasillo, alguna de las fotografías familiares. Al bajar el segundo escalón sentí algo que rozó uno de mis tobillos: como si un gato viniera descendiendo tras de mí. Pero eso no podía ser porque en la casa no teníamos gato. Seguro que solo me lo había imaginado. Bajé otro escalón. Entonces, otra vez. Algo topeteaba con mis tobillos y mis chamorros. De inmediato miré hacia atrás sin dejar de bajar. Temía retroceder para alcanzar el apagador: al hacerlo iría al encuentro de lo que fuera que fuese. Por más que quise, no distinguí quién o qué era. Definitivamente algo o alguien me seguía. ¿Qué era eso? Parecía alguien agachado tratando de alcanzar mis piernas. ¡Qué horror! Para entonces, mi respiración entrecortada y ruidosa rivalizaba con los latidos desbocados de mi corazón. Bajé, casi huyendo, dos escalones más. Me detuve ligeramente y traté de voltear y enfrentarlo. Quería, al menos, saber qué era. Solo adivinaba en la obscuridad. Aquello no podía ser ni un perro ni una persona agachada: era algo más bajo que yo, pero con una gran cabeza. Se movía despacio, con suavidad y sin hacer ruido. No pude evitar recordar las imágenes de una película que había visto unos días antes: de "la vida real", según lo anunciaron, en donde una familia de norteamericanos fue atacada por una manada de leones en algún país de África. Estaba en mi casa, sabía que eso no podía ser. Pero a través del rabillo del ojo parecía que un león viniera tras de mí. Ahora podía ver su gran cabeza, con melena y todo, moviéndose en cámara lenta. Sentí un extraño sudor en la espalda. Ya para entonces batallaba para moverme. Me congelaba de miedo. El terror que experimentaba hacía que mis movimientos fueran lentos y torpes. La que no era lenta era mi imaginación. No sé cómo, pero avancé hasta el descanso de la escalera. Sabía que al dar un giro de ciento ochenta grados vería de frente qué demonios me seguía. La impresión fue peor: ayudada con la poca luz que entraba por la ventana advertí que algo obscuro, con reflejos metálicos y plateados, sin forma fija, cambiando constantemente de posición, bajaba tras de mí. ¡Parecía tener varias cabezas! ¡Sin duda eran extraterrestres! ¿Qué otra cosa podía ser? En esas circunstancias era una presa fácil. Con seguridad me iban a llevar con ellos durante treinta o cuarenta años y luego me regresarían aún más traumada. La idea de irme con aquellas criaturas cabezonas que nunca sonreían me tenía completamente aterrorizada. De pura casualidad no me infarté. Bajé con dificultad dos o tres escalones más. Muy despacio. Entumecida, traté de gritarle a mi esposo varias veces. Imposible. Mi quijada… mi cuerpo estaban trabados. No respondían mis mandatos.

Además, mi voz no aparecía por ningún lado. Me congelé por completo. El apagador me esperaba a solo tres escalones, pero no podía avanzar. Sintiendo las piernas muy pesadas traté de estirar mi brazo hasta alcanzarlo.

No lo logré.

Cuando por fin encendí la luz, débil y temblando, me senté donde pude: amarrados entre sí, ya con poco gas, seis globos de los niños flotaban en forma desordenada casi al nivel del suelo. ¡Me habían seguido todo el descenso por la escalera!

Desde entonces, no he vuelto a bajar a obscuras... ni a tener niños.

Señoras enciclopedias

I

Las muchachas tienen la costumbre de reunirse todos los martes, no importa lo muy ocupadas que estén ni el número de consultas que tengan que dar. De esta manera, se mantienen al día. Amparo es la anfitriona perfecta.

Chal-ía: ¿Has visto a la niña que viene a visitarnos? No entiendo qué hace aquí. Seguro no sabe ni leer.

Prudencia: La he observado varias veces. Viene muy seguido.

Chal-ía: Creo que viene a jugar. Si no, ¿a qué otra cosa?

Alma: Aunque su expresión no es de felicidad. Se ve pensativa, como si estuviera preocupada.

Prudencia: ¿Una niña tan pequeña? No creo que esté preocupada –dice apoyando su mentón con la esquina inferior de la hoja ligeramente doblada–. Más bien, parece tímida, pero, al mismo tiempo, decidida.

Máxima: Siempre hace lo mismo cuando llega. Primero nos ve a todas. Luego, tiene que caminar hacia atrás y ladear la cabeza para vernos completas, pues somos muy altas y esbeltas. Bueno, sobre todo yo –agrega mientras, de reojo, se ve en el espejo.

Prudencia: Es tan pequeña que no puede escoger a ninguna de nosotras. Llega con la primera que encuentra. Creo que apenas ha de haber cumplido tres temporaditas –dice, ahora, desdoblando su hoja y alisándola para evitar dañarla.

Chal-ía: Pues sí, pero siempre encuentra a las que están fuera de su lugar. A Agustina, que en verdad no le preocupa nada y le vale hasta la cuadratura de su papel y a Ida-lia que de plano vive en otro planeta y está desconectada hasta del abecedario. Las dos por ahí aventadas. ¡Qué vergüenza! Pero imposible hacerlas entender –lo dice al mismo tiempo que ajusta su chal hacia atrás.

Ida-lia: No sé de qué hablan. A mí no me metan en sus líos –grita desde lejos.

Pilar: Sí, lo extraño es que luego, despacio, se acerca a la que encuentra primero. Se sube en la ceja, camina un poco y, apoyándose con sus brazos en la pila de páginas, sube las rodillas para llegar a la página abierta. Voltea para todas partes como temiendo que la puedan ver. Entonces empieza a caminar despacio por el margen. –Y señalando con el dedo índice, enfatiza–: Ahí es donde su expresión se vuelve serena y desafiante. Ya no parece una niña.

Alma: Me gustaría saber qué busca.

Angustias: Problemas, por supuesto. Mi miedo es que se caiga o que se pierda. Siempre viene sola.

Chal-ía: Sí, pero luego empieza a brincar y a correr. El colmo es que se columpia en alguna de las letras capitales. Ya ven que ahí estamos más grandes y más elegantes. Escoge una "C" o una "G". ¡Nos puede despintar! –Furiosa siente que le rechinan los signos de interrogación.

Alba: Bueno, pero solo juega unos momentos. Lo más raro es que luego se interna en la página. Camina y camina entre letras un tiempo indefinido. Puede quedarse ahí hasta el amanecer –comenta bostezando, y ya en pijama.

Lara: A mí lo que me sorprende es con qué determinación las revisa. Una por una: las ve desde arriba, desde abajo, por los lados, luego las brinca y hasta se acuesta al lado de ellas. Casi-casi se avienta clavados en ellas. Disfruta tanto las letras como yo las notas musicales –dice y se va laraleando.

Refugio: Sí, las disfruta hipnotizada, como si estuviera en medio de un laberinto infinito.

Esperanza: Para ella lo es. Busca algo. Ojalá, aquí, encuentre lo que necesita.

Máxima: ¿Qué quiere aquí? Nosotros somos las señoras Enciclopedias, y nuestros visitantes son de categoría. Ella no puede ni siquiera dar vuelta a la página.

Alma: Yo insisto que a esa niña le preocupa algo.

No-hemí: Lo que sea, aquí no podemos ayudarla. No deberían permitirle la entrada.

Prudencia: Mira, Máxima: te vas un rato a tu libro de las emes, te quedas por allá con Modesta, a ver si se te pega algo, y otro buen rato con Milagros a ver si nos lo hace.

Pilar: Y tú, Chal-ía, ya déjate de tantos enredos y vete también al tuyo a ver si Consuelo y Caridad tienen compasión y te cambian.

Máxima: ¡Uy, qué envidiosas! Solo porque mis portadas brillan más.

Chal-ía: ¡Me enerva todo mi contenido que sean tan ingenuas! –Enojada se quita el chal–. Vámonos, Máxima, antes de que se me pongan itálicas las palabras.

Ida-lia: Yo, de plano, no entiendo nada. Ni por qué viene ni por qué corre entre las letras. Es una niñita rara. Alguien que me explique, porfa.

Dulce: A mí, me encanta. De hecho, es un amor.

Amparo: Bueno, por lo pronto terminen su café antes que se enfríe. Ahora les estoy sirviendo descafeinado para que puedan dormir a página suelta.

Remedios: No le agreguen azúcar. Acuérdense que hay que evitar las hormigas. Nos comen y nos dejan cacarizas. Por cierto, Amparo, me encanta tu delantal.

Dolores: Bueno, yo ya me cansé. Toda la tarde hemos estado hablando de lo mismo. Me duele mi lomo como siempre. Oye, Alma, de pasada te digo que te veo descolorida y muy transparente. A ver si te cuidas, ¿no?

Benigna: Yo creo que de cualquier forma sus intenciones son buenas –comenta bajando su página con recato para que nadie vea su pie.

Amada: Pues a mí, mi novio, el alto, con costillas muy marcadas y de cubiertas verdes, el del librero elegante, me ha dicho que no me meta en los problemas ajenos…

Ángela: Yo le envío todas mis bendiciones.

Rosario: ¿Rezamos por ella, Ángela?

Sol: Mañana será otro día.

Amparo: Nos vemos el próximo martecito.

II

Chal-ía: ¿Supiste lo que pasó ayer, Máxima? Regresó la niña.
¡Ahora en bici!

Máxima: ¡No puede ser! ¿Hizo muchas diabluras?

Prudencia: Hasta eso, no fue para tanto. Solo dobló algunas esquinas de las páginas cuando subió la bicicleta.

Angustias: ¡Qué imprudencia! ¿Y no se mató?

Dolores: Me dolió mi cabeza tan solo de verla.

Agustina: Déjenla que haga lo que quiera. A mí, me vale punto y aparte –grita desde donde está tirada.

Inmaculada: Pero no ensució absolutamente nada. Comenta enfundada en un forro que hace honor a su nombre.

Máxima: Me encanta la caída de tu forro. Tengo uno parecido. Claro, me gusta más el mío.

Felicitas: Eso sí, se paseó por las dos páginas abiertas no sé cuántas veces. Tomaba velocidad y brincaba, casi volaba, de una a otra. Se le notaba la emoción. Esta vez no la vi tan preocupada.

Refugio: Aún así, nunca sonrió –dice mientras limpia los anteojos.

Milagros: Yo me maravillé cuando movió las letras de lugar y cambió el sentido de las palabras. La vimos más tranquila. Creo que empieza a entender.

Dulce: Algo le gusta de aquí. ¡Qué linda!

Chal-ía: Pues a ver qué hacemos. No quiero que maltrate nuestras hojas de papel *couché* brillante. Y mira que se lo voy a decir con mayúsculas.

Amparo: No exageres, Chal-ía. Cada día te pareces más a Máxima. –La regaña mientras sirve la segunda ronda de café.

Chal-ía: No es cierto. Ella es una engreída. Presume como si fuera en la décima edición.

III

Esperanza: Ver para creer. Hoy fue un día muy especial. Nuestra niña, ahora mujer, ¡llegó acompañada!

Máxima: Sí, la vi. El galán no está nada mal. Mucho más alto que ella. Con portada y contraportada de muy buen ver. Me gustó.

Clara: A la que le tiene que gustar es a ella.

No-hemí: No sabemos cuáles sean sus intenciones.

Agustina: Pues cuáles van a ser: las mismas de todos –apenas escuchan su voz adormilada.

Chal-ía: Mira, No-hemí, la verdad ya me tiene harta tu pesimismo. Deberías llamarte Si-mona.

Consuelo: Al menos ahora se le ve sonreír ligeramente.

Victoria: Yo lo que he notado es que ya disfruta sus visitas. Juega y aprende. Ahora esta relajada. Viene a contar lo que nosotros contaremos. –Poniéndose de pie levanta la cabeza en señal de triunfo.

Amada: Lo que hace el amor. –Cierra los ojos y suspira.

Lara: ¡Qué emoción! Ya tiene con quien bailar.

Amparo: Muchachas, hoy preparé cappuccino. Me quedó delicioso. Se lo recomiendo.

Chela: Cómo son aburridas. ¿No hay algo más interesante que tomar? Siempre el inapetente café. Por eso no había venido.

IV

Chal-ía: Ahora sí, esto suena a catástrofe. Si antes era una, ahora son cinco los que vienen a maltratarnos. Esta niña no se mide. Ni siquiera un poco. En realidad no sé si está pagando una manda o, de plano, no tiene tele.

Clara: Sí. Tres niños suena a que ya es suficiente.

Esperanza: No pude conocerlos. Platíquenme.

Pilar: Bueno, los dos niños traían un balón de *soccer*, ya te imaginarás. Las eles mayúsculas se convirtieron en porterías. La pequeña, seguramente gimnasta, hacía maromas en todas partes. Nos dejaba de cabeza.

Lara: Además bailaba flamenco con todas nosotras. Hizo que las palabras tuvieran ritmo. Por fin una tarde musical –decía dando vueltas.

Esperanza: Pero ella, ¿cómo se veía?

Alma: Pudiéramos decir que apaciblemente feliz.

Esperanza: ¿Y las letras?

Consuelo: Siguen siendo su fascinación. Mientras los niños jugaban, ella se separó un poco para adentrarse en el universo infinito de las letras. Parece no acabarlo de entender, pero lo disfruta como siempre.

Máxima: Disculpa, pero sonaste muy cursi.

Dulce: A mí me da gusto que al menos ellos no nos olviden.

Ida-lia: ¿La tele es la caja iluminada que tienen en todos los cuartos?

Máxima: Sí. Han proliferado por todas partes. Parecen faltas de ortografía. Hay quienes tienen una tele en cada habitación. Por su culpa los visitantes guapos ya no me consultan ni clandestinamente.

Modesta: Yo me conformaba con asesorar a los feos, pero ya ni ellos.

Clara: ¡Pues qué ignorantes!

Agustina: A mí, todos me valen puntos suspensivos.

Ida-lia: Y, ¿puede pasar algo malo?

Angustias: De verdad me están asustando. Me tiemblan todas las hojas. –Al mismo tiempo que se le fruncen todos los acentos.

Remedios: Está difícil que mejoren las cosas.

Amparo: Esto amerita un expreso, para la mortificación.

Luna: No van a poder dormir con tanto café.

Chela: Pues yo, Amparo, de puro coraje, quiero un té-quilita.

Dolores: Me duele el estómago. Ahora con menos visitantes, me la paso comiendo sopa de letras todo el día.

V

Chal-ía: ¿Te has fijado que la piel de nuestras cubiertas se ve un poco colgada?

Máxima: Pues será la tuya, porque yo la mía la cuido muy bien. En las noches limpio cualquier huella que haya quedado y reviso que todas mis páginas estén bien estiraditas.

Ida-lia: Pues no es que quiera deprimirme, pero mi cabezada está despintada y mi tejuelo se está despegando. ¿Qué será?

Modesta: Yo de lo único que presumía era de mis cañuelas y de mis esquineros, y ya ni eso. Ahora se ven muy retro; de plano muy pasados de moda.

Dolores: A mí, de tanto engordar, me dicen "Ahí viene la `O´"; sin contar que la artritis en cada coyuntura de mis páginas entorpece mis movimientos. No sé qué hacer: me duele hasta el separador.

Paz: A ver, muchachas, tranquilas, por favor. –Con sus páginas muy descoloridas y su cara de mazapán resulta muy convincente.

Prudencia: A todo esto se le llama madurez.

Chal-ía: En mi tomo se le dice chochez.

Consuelo: Bueno, sabíamos que esto llegaría. Debemos aceptarlo y aprovechar nuestra sabiduría.

Agustina: No es que me preocupe mucho, pero ahora resulta que se le llama sabiduría a las catástrofes. ¡Qué falta de cultura!

Máxima: Agrégale la llegada de las mugrosas computadoras. Ellas nos han enviado hasta el librero más alejado de la casa. Estamos completamente *demodées*. Por cierto, Refugio, ¿traes anteojos nuevos?

Refugio: Sí, los compré por Internet. Ya ves que ahora ahí consigues de todo.

Piedad: ¡Ya ven! Ahora resulta que la inconsciencia nos está afectando a nosotras también.

Angustias: La verdad es que todos están locos. ¡Vamos a terminar en la trituradora!

Dolores: Nada más de pensar en eso, me siento desvocalizada.

Prudencia: Esperen un momento: tengo una noticia triste que darles.

Chal-ía: ¿Otra?

Prudencia: Sí. Vino nuestra amiga, la de siempre. Sus "niños" ya están más altos que ella. Se veían lindos, cada uno con su pareja.

Además, andaban por ahí un montón de futuros pequeños lectores. Lo que me entristeció fue verla sola, a ella, sin su galán.

Ida-lia: Y, ¿dónde anda?

Prudencia: Por su tristeza, yo creo que se fue al universo de las Wikipedias poderosas, donde todos seremos felices.

Ángela: Todos vamos para allá, tarde o temprano.

Rosario: Voy a pedir por él.

Piedad: Ojalá no vuelva al desaliento e incertidumbre que mostraba cuando la conocimos.

Consuelo: No creo. Ella no solo nos visita sino que se sumerge en nuestras páginas. Se la ha pasado vagabundeando entre letras. La he visto armar párrafos e hilar historias. Creo que lo va a seguir haciendo.

Sol: Creo que a nuestro lado se va a recuperar pronto.

Prudencia: Volviendo a las computadoras; lo que quiero que entiendan es que sin importar las nuevas tecnologías, todavía hay a quien le gusta el olor de nuestras páginas, ama acariciarnos y tenernos en su regazo.

Esperanza: Los niños con su inmensa curiosidad son nuestro futuro.

Consuelo: Y lo más importante: cuando no haya electricidad, seguro los tendremos a todos, de nuevo, muy pegaditos a nosotras.

No-hemí: No creo que dure mucho esa moda. La producción de electricidad contamina el planeta.

Chal-ía: ¡Me encanta hablar de eso! No entiendo nada pero suena muy chic.

Modesta: Gracias por invitarnos a los martecitos, Amparo. Estas reuniones suben mi autocontenido.

Amparo: Nos vemos

Chal-ía: Yo no les creo nada a estas ilusas –dice al salir–. La verdad es que estamos más minimizadas que la "H".

Agustina: Ya somos más inútiles que unos puntos suspensivos entre paréntesis.

Máxima: Bueno, ya, olvídenlo. Mejor vámonos por ahí con los Atlas grandotes. Están como para releerlos. Yo se dónde encontrarlos.

Chela: ¡Ay, sí! ¡Y nos ponemos hasta la página de atrás!

A pesar de todo

Mi brazo derecho, delgado y descubierto, lleno de moretones, se apoya en su brazo izquierdo, fuerte y elegante, vestido en frac negro. Qué bueno, pienso, para que no se noten tanto los diferentes tonos de morado y verde, ligeramente maquillados; para, al menos, tratar de disimularlos. Podría haber usado guantes, pero en pleno junio y a las cinco de la tarde, hubiera sido bastante incómodo.

***

Recuerdo entonces cómo todo mundo me regañó. Hubo de todo desde: "Por Dios, mujer, cómo se te ocurrió tratar de activar la reja eléctrica desde afuera de tu casa, atravesando tu brazo: sobre todo dos días antes de la boda". Hasta: "Como médico y amigo, te digo que pudiste haber tenido fractura expuesta, con todo lo que eso hubiera implicado: hospitalización, operación, más no sé cuántos problemas si te hubieras caído de la escalera. ¡Olvídate de haber asistido a la boda!".

***

Estando en el umbral de la pequeña capilla, de aquella antigua hacienda, regreso impresionada al presente al ver flores blancas por todas partes: dalias, hortensias, gladiolas y claveles. Trato de memorizar los detalles para revivir la escena cada vez que quiera llenarme de felicidad. Siento que en este momento me estoy presentando en el cielo, al lado del pequeño bebé, ahora convertido en hombre, del cual me siento muy orgullosa.

***

De pronto, las imágenes de los barrotes de hierro aprisionando y aplastando primero mi piel y luego los músculos, me sacan bruscamente del escenario de ensueño haciéndome recordar, claramente, cómo traté de seguir el movimiento lento y decidido de aquel monstruo metálico, esa mañana que en un principio parecía iba a ser un día muy normal. Quería oponer la menor resistencia posible; tenía la esperanza de poder evitar el sonido seco y doloroso de una quebradura.

***

Llena de emoción, veo frente a mí el pasillo central de la capilla. Todavía no puedo creer que la boda de mi hijo mayor sea en el pueblo donde yo pasé mi niñez. Recuerdos se mezclan ahora con los temores de lo que me pudo pasar con la reja. Todavía no logro entender cómo pude arriesgarme, con la boda ya en puerta. Entonces mi corazón se aflige y sale del paraíso. Sé que al entrar, atrás de nosotros, pasará mi esposo, convaleciente, acompañando a la mamá de la novia.

***

Si mi estupidez con la reja eléctrica había ocurrido dos días antes, mi esposo tuvo un dolor fuerte en un costado del estómago tan solo una noche antes de la boda religiosa, justo después del brindis de la ceremonia civil, cuando el juez se marchó. "Voy al cuarto, me duele más", me dijo. Lo encontré recostado y de malas. Decidí pensar que era algo pasajero. El solo imaginarme saliendo a las once de la noche de ese pueblito, a dos horas, cuando menos, de la civilización, me hizo temblar.

***

También me hizo temblar de dolor y de espanto ver mi brazo triturado por un sinfín de barrotes de hierro y sentir con angustia que mis zapatos de tacón alto se resbalaban de la escalera de tijera que empezaba a balancearse. En medio de la desesperación, me exigí: "¡Haz algo, mujer!".

***

Empezamos nuestro caminar por el pasillo central. Mi vestido, bordado en color plata obscura, con grandes flores bordadas en dorado muy tenue, además de un gran escote en la espalda, cumple con su encomienda. Luce aún más con la altura y gallardía de mi hijo.

***

Mi esposo sentía que se le iba la vida. El dolor en el vientre bajo iba en aumento. No quiso cenar y el té de manzanilla no había ayudado. Decidió dejar la fiesta y que fuéramos a buscar un médico a esas horas de la noche, sin avisarle a nadie. "Déjalos que disfruten", me dijo. No estaba de acuerdo, pero era imposible darle la contra. Apenas podía caminar. Su cara estaba endurecida por el dolor. Nos salimos en medio de la algarabía de la noche mexicana llena de risas y música. El hotel se encontraba en las orillas del pueblo y la señal de los celulares fallaba cada dos metros.

***

La reja seguía avanzando lenta y cruelmente. Tratando de encontrar alguna solución inmediata entre el caos de mis pensamientos y el despiadado dolor, lo primero que se me ocurrió fue gritarle a la muchacha que me ayudaba. Estaba paralizada por el susto, viéndome arriba de la escalera, a punto de caer y de quedarme colgada del brazo atrapado. "¡Busca el control remoto dentro del automóvil! ¡Es plateado! ¡Debe estar entre los dos asientos delanteros! ¡Apúrate!". Las puertas del coche estaban abiertas y pudo encontrarlo fácilmente. "¡¡Aplasta todos los botones!! Rápido y como sea", le grité, aunque mi voz ya se quebraba. Entonces la reja, como de milagro, se detuvo y pude ver cómo uno de los barrotes había empujado tanto los músculos de mi antebrazo que la piel quedaba pegada al hueso.

***

Yo conducía como autómata, dentro de aquella oscuridad, tratando de reconocer las calles de mi niñez y de alejar de mi mente todas las posibles tragedias que pudieran sobrevenir. Mi esposo no dejaba de darme instrucciones desesperadas, aún sabiendo que yo conocía mejor el pueblo que él. Un retén antialcohólico dramáticamente nos demoró. Era casi medianoche. Todas las farmacias estaban cerradas. Preguntando fuimos a dar a una pequeña clínica del municipio. Ahí me ayudaron a bajarlo. El dolor tan intenso ya no le permitía caminar. El lugar contaba con solo dos pequeños cuartos. El médico de guardia diagnosticó piedras en el riñón. Por supuesto, no contaban con medicamentos. Teníamos que ir a conseguirlos.

***

Mi brazo seguía atrapado. Tratando de gritar, pero solo suplicando, dije: "¡Aplasta los controles otra vez!". Entonces, muy lento y muy suave, la reja retrocedió y me regresó el brazo: lo vi muy magullado y maltratado, lleno de largos moretones de todos colores, pero aún de una pieza. Si no podía creer que estuviera atrapada, menos aún que aquello hubiera terminado. Me di cuenta que tenía algo de elástica. Aunque los músculos habían quedado marcados.

***

Por unanimidad decidieron que me acompañara el auxiliar del doctor a buscar la farmacia abierta de turno. Ellos temían que yo sola no la encontrara. Así es que ahí estaba yo, muy elegante, manejando en calles obscuras y sin pavimentar, a la una de la mañana, con "quién sabe quién" a mi lado, buscando medicinas para mi esposo que se retorcía de dolor. No dejaba de reprocharme el que debí avisarles a los muchachos para que nos acompañaran; así no iría yo tan asustada junto a ese desconocido señor. Casi no recuerdo su cara. Yo hablaba y hablaba para disimular mis temores.

***

Al ir avanzando sobre la alfombra también blanca, mi sonrisa se endulza cuando empiezo a ver a los amigos de toda la vida y a los familiares más queridos. Siento la felicidad en la piel y dentro del cuerpo. Entonces, doy gracias por permitir mi presencia en este lugar y en este momento.

***

Luego me di cuenta de que si no hubiera ido con el "desconocido señor", no hubiera encontrado la pequeñísima farmacia, escondida, dentro de una casa muy modesta. Regresamos, y después de hora y media, la mejoría de mi esposo era muy notoria. El medicamento aplicado en la vena lo había estabilizado. Nos dijeron en dónde se encontraba el hospital. Antes de buscarlo, decidimos regresar primero al hotel a ver cómo iba la fiesta. ¡Era la boda civil de nuestro hijo! Al llegar, todos estaban muy asustados buscándonos por todas partes. La ausencia de celulares había complicado todo. "¿Por qué no nos avisaron?", preguntaron varias veces. Me prometí no volver a hacer caso a ningún hombre. Cerca de las tres de la mañana llegamos por fin al hospital. Ahí estaría bien atendido lo que quedara de la noche. El colmo fue que tuvimos que despertar al velador, a las enfermeras, a los doctores de guardia y hasta a las monjitas. Como no había pacientes, todo el personal dormía.

**

Con el brazo morado y verde, descendí de la escalera, temblorosa, y completamente confundida. Abracé con fuerza a la muchacha y le dije: "¡Me salvaste! ¡Gracias por existir!". La reja eléctrica tenía solo una semana de haber sido instalada. Yo todavía no estaba familiarizada con su funcionamiento. ¡Había sido una bendita casualidad haberle atinado!

**

Ya con mi esposo hospitalizado, después de una junta familiar, se repartieron responsabilidades: El más chico se quedó cuidando a su papá. Mi hija regresaba al hotel para atender a la familia extranjera de su novio pues ninguno hablaba español. El mayor ¡se casaba en unas horas! Y yo, según esto, tenía que descansar. ¿¡Cómo con tantas emociones enredadas y tantos eventos impensados!? Aun así, durante lo que quedó de la noche, mi hija y yo tuvimos que salir en tres ocasiones, en pijamas, a la plaza frente al hotel, para que el celular nos diera señal y así llamar al hospital para saber el estado de mi marido. Los cuartos de la hacienda no contaban con teléfono. La víspera de la boda ¡dormí como media hora!

***

Tambaleándome un poco, ya con los pies en la tierra y el brazo libre, llamé a mi esposo a la oficina para enterarlo de mi "aventurita" con la reja eléctrica. Se asustó muchísimo: "Si tenías problemas para abrir la reja, me hubieras llamado. Estamos en vísperas de la boda. Tranquilízate, mujer. Voy por ti para llevarte al hospital. Seguro te quebraste algo. No creo, le dije, el brazo me quedó "rarito", pero estoy segura que no se rompió. Ya me puse árnica. Si me duele más, te aviso". Ese día llegaba la familia política de mi hija. Aún no los conocíamos. Los habíamos invitado a cenar. Tuve que llevar manga larga, para evitar explicaciones en otro idioma. Al día siguiente salíamos de Monterrey a Parras. ¡Tanto la boda civil como la religiosa serían allá!

***

A las ocho de la mañana, unas horas antes de la ceremonia religiosa, estábamos todos en el hospital esperando el alta del especialista. Nos permitieron salir a las once de la mañana, con tratamiento, para que el enfermo pudiera asistir al tan esperado evento. Regresamos a la hacienda cerca del mediodía. Nos encontramos con que la mayoría de los invitados habían llegado. Nos veíamos tan amolados que empezaron los comentarios de los amigos: "Estuvo fuerte el pleito, ¿no? ¿Quién ganó?".

***

Lo maravilloso es que ahora, en este momento, acompaño a mi hijo hasta cerca del altar. Lo abrazo y bendigo. Entonces giro y veo acercándose, todavía con una pequeña mueca de dolor, a mi querido esposo, recién remitido del hospital. Él es mi compañero, mi pareja y mi amor aunque él sea obstinado, y yo más. Apoyo suavemente para no lastimarlo, mi brazo lleno de moretones, en el suyo. La misa está empezando, y le digo al oído:

"Siempre pensé que iba a llorar en estos momentos. La verdad es que estoy feliz de que estemos aquí, completos, listos para disfrutar un evento inolvidable... A pesar de todo".

Isabella

Isabella siempre estuvo enamorada de un hombre alto, de espalda ancha y frente amplia, con cabello liso, obscuro y brillante; con ojos verdes, llenos de brillo y expectativas. Él era joven, atractivo y muy popular con el resto de las mujeres que lo rodeaban, y que fácilmente conquistaba. Ante tal competencia, ella decidió esperar: no quiso correr tras de él, como las demás.

Siguió con su vida, viéndolo de vez en cuando, en ocasiones especiales. Esos encuentros fortuitos los disfrutaba enormemente. Él era el que buscaba la forma de acercarse a ella. Saludándola primero. Sacándola a bailar después, para luego quedarse en su mesa el resto de la velada. Isabella pretendía estar serena y tranquila. Nunca supo si su mirada la delataba mostrando lo que en verdad sentía. Aprovechaba las largas charlas, llenas de risas y anécdotas, para observarlo detenidamente, muy cerca de ella, y escucharlo con atención. En esos momentos no veía ni escuchaba a nadie más.

Esperó cuatro años. Por fin lo vio con una rosa roja en la mano, muy cerca de ella, pidiéndole que fuera su amor. Isabella no solo se sentía en el cielo sino mucho más allá del infinito. Su dicha era más grande que su perseverancia.

Su felicidad se desplomó cuando cuatro meses después él tuvo que partir a continuar sus estudios a un país muy lejano.

Mucho llanto y muchas cartas, se fueron convirtiendo en poco llanto y pocas cartas.

Isabella vivía ahora con su corazón reconstruido. Ella era delgada y bien formada, su cabello castaño con brillos dorados caía en sus hombros y su espalda. La piel clara y sedosa hacía que sus ojos grandes, llenos de vida y juventud, resaltaran. Una intrigante melancolía la envolvía convirtiéndola en una mujer muy atractiva.

Entonces conoció a otro hombre: alto, de espalda ancha y frente amplia, con cabello liso, obscuro y brillante; con ojos verdes, llenos de brillo y expectativas.

"¡Momento!", pensó Isabella.

¡El parecido era increíble!

Ya analizándolos detenidamente, se dio cuenta de que eran muy diferentes. Muy pronto vio con claridad en que consistía esa diferencia:

A las dos semanas este nuevo hombre le pidió que fuera su amor. Al año y medio le pidió que fuera su compañera de vida. Y nunca se fue de viaje sin ella.

Isabella siempre estuvo enamorada de un hombre alto, de espalda ancha y frente amplia, con cabello liso, obscuro y brillante; con ojos verdes…

Empezar sin él

Me temblaban las manos: sentía que no podría cargarla ni un segundo más. La caja era metálica, labrada, con un fondo plata obscuro, que con dificultad trataba de sostener.

En ese momento, de pie, debajo de aquella enorme puerta de más de tres metros de altura, me sentía pequeña, sola, vulnerable. La altura aún mayor del recinto me intimidaba: me hacía sentir miserable. Con dificultad habíamos podido llegar. Nos entregaron la urna más tarde de lo acordado. Eso aunado al pesado tráfico de las seis de la tarde, hicieron que llegáramos a la iglesia con diez minutos de retraso. Para mi sorpresa, la misa no había empezado aún. El sacerdote esperaba al pie del altar.

Una mujer mayor que se encontraba a un lado de la puerta, me dijo: *"Pase, la estamos esperando"*.

Podía sentir la mirada de los feligreses: eran muchos ojos y, no obstante, yo no veía a nadie. Los bellos frescos atrás del altar remataban en una cruz de madera igual a la que tenía encima la urna. Por fin empecé a caminar. Mis pasos eran muy lentos. No quería llegar. No quería entregar lo poco que me quedaba de él. No podía entender qué pasaba.

¿Cómo un hombre grande, tan grande, que me hacía sentir tan protegida, se había convertido en aquella caja con cenizas?

¿Por qué?

Y ahora, ¿qué seguía?

¿Qué iba a hacer?

Era irónico y cruel recorrer juntos, otra vez, el pasillo central de la iglesia como hacía treinta y tres años; solo que ahora, no era para empezar una vida juntos: era para empezar una vida sin él. Sentía la urna tan pesada que mis tacones altos empezaron a desequilibrarse.

Me detuve por un momento, pero continué.

Por más que traté no pude contenerme: toda la gente vio cómo las lágrimas caían de mis mejillas a la urna.

Al llegar al altar, el sacerdote me tomó del brazo y me dijo:

–Tranquila, hija, Dios está contigo. Y tu esposo, está con Él.

Hice una pequeña mueca de agradecimiento:

–Gracias, padre.

–Coloca las cenizas en el pedestal.

Lo hice.

Palabras dulces, abrazos, la compañía de mis hijos y mi familia fueron como una brisa amorosa en mi alma que solo tenía obscuridad, tristeza, soledad.

No buscaba ya comprender, ni recordar; solo anhelaba un refugio, un lugar cómodo y abrigado donde permanecer, tapada con mantas, entregada al sueño o a la locura.[1]

---

[1] Mario Levrero.

Donde nadie podría dañarme

La sensación de seguridad que me daba ir abandonándome al sueño sabiendo que mi papá manejaba, nunca la he vuelto a sentir. Su espalda ancha, su increíble personalidad, su ropa siempre correcta y su olor a maderas hacían que yo disfrutara enormemente su cercanía. En el momento en que él se adueñaba de la situación, al empezar a manejar alguno de los enormes Ford que tuvimos cuando yo era una niña, la situación cambiaba. Yo sentía que estaba en un mundo en donde nadie podría dañarme y en él siempre tendría lo mejor, no importaba hacia dónde nos dirigiéramos. El Ford, celeste con blanco, era tan amplio en su interior que mis dos hermanos y yo cabíamos cómodamente y podíamos dormir o pelear a gusto.

Mi mamá, de copiloto, era la perfecta proveedora. Tortas de jamón y queso, sándwiches de ensalada de pollo o, aún mejor, taquitos de machacado en tortilla de harina acompañados de un termo con limonada y pastel de nuez. Eso era lo que usualmente comíamos para no detenernos y evitar hacer el trayecto más largo. Mi hermanito, casi bebé, iba al frente, entre papá y mamá.

El regreso de Monterrey a Parras, el domingo al atardecer, después de hacer todo lo imaginable; luego de visitar y platicar con la familia; de ir de compras además de ver televisión, era todo un atractivo. Eso más todos los pendientes del rancho del que se encargaba papá durante el fin de semana, hacían que siempre nos faltara tiempo y que nuestro regreso fuera tarde.

A las ocho de la noche, ya en carretera, se escuchaba perfectamente la XEW, desde la Ciudad de México. Se hacía el silencio porque empezaba La hora de Cri-Crí. Era la voz real, en vivo, de Gabilondo Soler contando cuentos y comentando sus canciones. Entonces mi dicha era completa. Junto a los seres que yo más amaba, ahora viajábamos todos juntos también con la imaginación. Dejábamos de pelear por la ventanilla y los *Mira mamá: me está molestando,* cesaban. Al terminar la emisión, los cuatro ya dormíamos. Papá decidía entonces detenerse un rato y descansar en alguno de los paraderos. De inmediato despertábamos y volvían los: *Hazte para allá, Me estás apachurrando, Ya quítate.*

–Mejor seguimos –decía papá.

Llegábamos a casa cerca de medianoche. Entre sueños, alcanzaba a escuchar:

–No la despierten, yo la llevo.

Papá me llevaba a la cama para que yo siguiera durmiendo.

Eso no era imaginación.

Era la vida real.

Vampiro

Todavía me palpita apresuradamente el corazón. No es para menos. Estamos con el automóvil atravesado en medio de la carretera después de frenar bruscamente. Casi lo atropellamos cuando de pronto intentó cruzar. Segundos antes sospeché de sus intenciones al verlo muy cerca de la orilla. Alcancé a advertir a mi esposo de lo volubles que son estos seres. No tuvimos tiempo. Dio unos pasos y se lanzó hacia nosotros. Pude sentir cómo el cinturón de seguridad me apretó al momento que el chillido de los frenos detenía la carrera del auto y cómo se agolpaba en mi cuerpo aquel brusco cambio de velocidad. En mi lugar de copiloto vi al caballo muy cerca de la ventanilla y casi sentí un gran golpe. Fue solo la impresión del momento. El instinto lo hizo detenerse en el último segundo, y la posición inclinada en que se detuvo el auto, nos dejó, milagrosamente, a escasos centímetros uno del otro.

De inmediato, necesito estar segura que todo está bien; que no lastimamos al caballo. Reviso. Por el momento no viene ningún vehículo detrás, y, sin pensarlo, abro la puerta y me bajo. Alcanzo a oír la voz de mi esposo que me dice:

−¡Rápido! Estamos en medio de la carretera.

Son como las once de la mañana en este lugar semidesértico. El olor a hule quemado y a soledad se quedan atravesados en mi garganta. Veo la huella de los neumáticos y solo escucho los cascos del caballo que, desconcertado, da algunos pasos y luego se detiene. Está frente a mí, muy cerca, a menos de dos metros. Como siempre, su porte y su altura me intimidan. Puedo sentir su respiración rápida y entrecortada. Su mirada vacía, casi inexpresiva, me dice que está

103

tan asustado como yo. Sus ojos obscuros impenetrables son igualitos a… ¡A los ojos del Vampiro! El caballo negro que tenía papá. No puedo ignorar tantas coincidencias.

Me siento transportada en un instante. Era también una mañana de verano. En el rancho hacía calor. Un caballo negro y aquellos ojos.

Casi escucho a papá diciéndome:

—Monta al Vampiro. Ahorita que está convaleciente. El pobre tiene reumas. El ranchero se lo sigue llevando a las carreras sin mi consentimiento. Apuesta y el Vampiro siempre gana. Luego lo baña aún sudado para que nadie se dé cuenta. En cuanto se recupere, seguro que lo vendo. La próxima vez que vengamos ya no va a estar aquí.

—Pero, papá —repliqué—, está muy grandote para mí.

Yo tenía doce años, y siempre había sido delgada y bajita.

—Móntalo. Ahorita que no puede correr. Les voy a decir que te lo ensillen.

No sé si acepté por no decepcionarlo o si yo quería hacerlo. La cosa fue que de pronto me vi montada sobre aquel enorme y majestuoso caballo negro de pelo brillante. Sus patas eran casi tan altas como yo. Nunca antes lo había montado. Era muy fino y demasiado brioso para mí.

Decidimos pasear en la huerta, entre los árboles. En ese momento me halagaba saber que los demás montaban caballos normales y que el mío era el mejor. Durante un rato pude ver, desde mi trono, los inmensos naranjos tan cerrados en su follaje verde obscuro en los que resaltaba la enorme cantidad de frutos que anunciaban una cosecha abundante. Los caballos nos paseaban sobre tierra en barbecho. Nos acompañaba una brisa cálida, aún, para esa hora de la mañana.

De pronto oí un golpeteo de alas. Quise saber de qué se trataba y al mirar solo pude ver de reojo el vuelo repentino de una gran parvada. El Vampiro giró su cabeza tan bruscamente que la rienda escapó de mis manos. Luego se desbocó. En su loca carrera los naranjos empezaron a pasar a mis lados cada vez mas rápido. Sentía rasguños en brazos y piernas, y solamente podía sostenerme de la pequeña cabeza de la silla de montar de la que me aferraba con todas mis fuerzas. Parecía un jockey corriendo a galope tendido. Así, encorvada, agachada y sosteniéndome con desesperación, sentía que en cada zancada iba a salir disparada. Estuve a punto de soltarme pero veía claramente las fuertes patas del caballo pasar sobre rocas y matorrales. Papá nos seguía en el jeep y gritaba:

—¡Jálale la rienda!

Lo que papá no sabía era que la rienda brincaba hacia todas partes sobre la crin del Vampiro y que yo tendría que soltarme para poder tomarla.

Cruzamos toda la huerta. Entonces solo oía los cascos pisando con furia al compás de las inhalaciones y exhalaciones profundas del Vampiro, en donde parecía que se le salía el alma. Sentía el calor y el sudor de su cuerpo, y el aire chocando con fuerza contra mi cara.

Llegamos al camino de terracería que dividía en dos la propiedad. Siguió hasta la entrada del abrevadero.

Ahí se detuvo.

Con pasos lentos se dirigió a tomar agua. Yo no podía bajarme. Tenía miedo que se volviera a desbocar. Unos minutos más tarde llegó papá. Vi su rostro desfigurado por la preocupación. Él me había convencido de montar. Entonces me di cuenta de que había perdido los tenis y que mi pantalón y mi blusa estaban muy rasgados. Me temblaba todo el cuerpo, pero eso sí, estaba completita.

Pensé que aquel tormento había terminado, pero estaba equivocada: faltaba el aprendizaje. Sin desmontar, tuve que hacer el recorrido de regreso, pero ahora, sin soltar la rienda, que para que se me *quitara el miedo*. A la fecha no se me ha quitado por completo. Hice el regreso con papá siguiéndonos.

Cuando por fin terminó la proeza, me bajé del caballo. Me sentía débil, pero un poco más tranquila. Entonces decidí enfrentar la mirada de aquel tremendo animal. Me encontré con sus ojos obscuros, vacíos, sin expresión.

Iguales a los que estoy viendo en este momento en medio de la carretera.

Ayudados con el claxon, hacemos ruidos para que el caballo despierte y se aleje de tan peligroso lugar.

–¿Nos vamos? –escucho la voz de mi esposo.

Entonces lo dejamos para que siga con su incierta vida. Nosotros seguimos con nuestro incierto viaje.

El marcador a mi favor

Convertida en inquietud, la indecisión recorría mi cuerpo: salía por mi brazo izquierdo, recargado en la mesa del antecomedor, y se mostraba haciendo que los cinco dedos brincotearan constantemente sobre su superficie redonda. Tenía hambre y no podía empezar a comer. El *topping* de mi ensalada era huevo cocido. El primero de ellos no estaba totalmente cocido, por lo tanto, el segundo, de seguro estaba en las mismas condiciones. La idea de volver a hervir agua estaba por completo descartada. La única opción era meter el huevo en el horno de microondas. Empezaba el juego de la selección mexicana de futbol *soccer* contra algún país europeo. Seguro no era ni Italia ni Alemania. Me acordaría. A esos jugadores les hago el favor de verlos, aunque sea por un rato. A veces los ingleses entran en esta categoría. En ese momento no había nada más importante, no solo en mi casa, sino en todo el país y sus inmediaciones.

Los sándwiches y las botanas estaban en medio de la mesa y eran devorados casi sin masticar por los comensales absortos hasta en la respiración de los jugadores. Mi hija comió rápidamente y subió a su cuarto. Ella y yo éramos las "raritas" de la familia. Difícilmente veíamos partidos completos aunque estábamos enteradas de todo. Era demasiado lo que se hablaba del tema. Mi esposo y mis dos hijos adolecentes constantemente lo jugaban y además sobresalían. Lo hacían muy bien y los invitaban a participar con varios equipos. La mesa del antecomedor contaba con cinco sillas dispuestas en medio círculo. Mi esposo, por supuesto, tenía el lugar más importante frente al televisor. Los demás teníamos que girar un poco el cuello para ver la pantalla.

Total, ¿qué puede pasar? Volvía a lo mismo. Suponiendo que explote, lo haría dentro del microondas. Sería cuestión de limpiar y se acabaría el problema, pensé.

La idea me parecía cada vez más posible. Eran finales de los ochentas. Los hornos de microondas empezaban a invadir todas las cocinas. Yo acababa de tomar un curso y me sentía muy conocedora. Mi persona, como un ente semiinvisible para ellos, deambulaba de un lado a otro entre el comedor y la cocina. En esos lapsos yo era menos que un doble cero a la izquierda.

—¿Alguien quiere ensalada? —lancé la pregunta al universo. Solo contestó el cronista del partido:

—¡Dice el árbitro que es fuera de lugar!

Nadie sabe cuándo es fuera de lugar, ¡por Dios! Empezaba con recelo a criticar a mi adversario: cuando el jugador la pasa antes de…, cuando la recibe el que…, cuando se adelanta no sé quién…, cuando graniza… Pues no, no y no. Es fuera de lugar cuando el árbitro dice. Eso es otra de las cosas que me enervaba del futbol: el famoso árbitro.

La decisión estaba tomada: cocinar el huevo en el microondas solo por cuatro segundos a temperatura alta. Mis cálculos me decían que con eso sería suficiente para terminar de cocerlo. No iba a provocar una situación imprevista.

Los dedos golpeaban la mesa.

De pronto, me puse de pie y caminé.

Volví la mirada: era bonito verlos juntos metidos en ese mundo. Eso me calmaba el alma.

Dudé. Coloqué el huevo dentro del microondas. Con lentitud y sin novedad pasaron los cuatro segundos. Esperé. No me atrevía a sacarlo. Miré hacia todas partes. Temía ser descubierta. Nadie me veía. Abrí la puerta. Ahora mi inquietud se mostraba en el bamboleo de mis pies. Con cuidado lo toqué. Ni siquiera estaba caliente. Respiré profundo, lo tomé y me lo llevé a la mesa.

Tratando de actuar con naturalidad me senté dispuesta a terminar la preparación de mi ensalada con la seguridad de que el huevo estaba cocido por completo. Qué bueno que no pasó nada, pensé. Todos seguían totalmente absortos en el partido. Tomé el huevo con la mano izquierda y le di un pequeño golpe en la mesa para romper el cascarón. Todavía no llegaba mi mano derecha para descascararlo cuando: ¡¡buuum!! Una gran explosión más potente que el sonido que provoca un refresco gaseoso, nos hizo brincar a todos de nuestros asientos.

Mi esposo se puso de pie gritando con voz ronca:

—¿Qué pasó? ¿Qué fue eso?

Su fuerza aventó la silla hacia atrás haciéndola caer con las patas hacia arriba.

Mi hija bajó corriendo y llegó a la cocina muy asustada.

—¿Qué pasa, mamá? ¿Qué es todo esto?

Yo todavía no sabía qué había pasado. El cascarón completo, ahora vacío, seguía en mi mano izquierda. Todo el material explosivo había salido por completo y ahora se encontraba regado por todas partes: sobre todo en los anteojos y en la frente de mi marido. El pobre, de pie como estaba, se los tuvo que quitar para poder ver el desastre en que se había convertido el antecomedor. La fuerza de la explosión había salpicado la mesa, los respaldos de las sillas, el piso y fue a dar hasta una de las paredes. Uno de mis hijos se había quedado como ido, sin decir nada. Tenía el cabello, la frente y las pestañas llenas de unas pequeñas esquirlas amarillas y blancas; suaves e inodoras. Del susto no decía nada. Ni se movía. El otro saltó de la silla y veía para todas partes sin entender qué había pasado. Por alguna razón, que aún desconozco, yo era la única que había quedado intacta.

Mi marido volvió a gritar:

—¿Qué fue lo que pasó?

Todos me veían. En ese instante supe que toda la culpa era mía y que mi futuro se volvía incierto. Si decía la verdad, con seguridad me iban a matar cuando menos unas dos veces. Ni de casualidad pensaba decirles el chistecito que acababa de hacer, además de que un ataque de risa no me permitía hablar. Trataba de disimular. No quería reírme con descaro. Era la única que había resultado ilesa. Solo se me ocurrió contestar:

—¡No sé!

—¿Cómo que no sabes? —vociferó mi esposo.

—No sé qué pasó. El huevo explotó.

–¿Explotó? Pero, ¿por qué? –lo decía aún de pie, tratando de limpiarse la cara con una servilleta.

–No sé. Así venía.

¿Así venía? ¿Cómo que así venía? ¡Dios mío, ¡¿no podía decir algo mejor?!

–No puede ser. ¿Qué pasa ahora con la comida? ¿Qué estamos comiendo? Pues, ¿qué le hiciste?

–Nada. Solo lo cocí. Claro que no dije cómo.

Todos empezaron a comentar lo ocurrido, tratando de encontrar una explicación. Ni modo: yo tenía que limpiar, pero eso no importaba. Me sentía triunfante. En realidad yo había ganado el partido. De alguna manera, muy explosiva por cierto, había hecho que me pusieran atención y ahora tenía el marcador a mi favor.

Me va a oír...

Sylvia salía y se sumergía en la alberca: de una manera muy extraña, tratando de gritar algo, al grado que dejé de nadar en espera de que volviera a salir. No sabía si estaba jugando. De pronto, sobresaltada, sospeché: ¿qué tal si se estaba ahogando? La realidad es que no me había dado cuenta en qué momento se metió a la alberca. No le puse atención ni mucho menos me imaginé lo que nos esperaba esa mañana.

Era un día con sol tan fuerte y brillante que hacía que la piel ardiera. Yo no acostumbraba asolearme para tener un poco de color: mi piel ya era bastante obscura de tantas y tantas actividades al aire libre que practicaba a los dieciocho años. Lo que siempre hacía antes de entrar a la alberca de un clavado, era revisarla. Ya había observado todo a mi alrededor. La alberca rectangular con agua completamente quieta permitía ver hasta el más mínimo detalle de los diferentes tonos claros de los azulejos. Ahí me di cuenta que la parte más honda no empezaba a la mitad de la alberca sino que apuntaba hacia un vértice. Además, por el tono obscuro del agua, le calculé dos metros y medio, o más de profundidad.

Las palmeras y los sauces llorones contrastaban con el azul profundo del cielo y el tremendo desierto a lo lejos en tonos de amarillo y café que se alcanzaban a ver al terminar el hotel, en las orillas de la ciudad.

Andábamos de vacaciones. Habíamos ido a visitar a mis tíos, y sobre todo a los quince años de Sylvia, mi prima. La fiesta había sido dos días antes, con todos los detalles bellos y exagerados que esas fiestas implican. Ella era alta y esbelta. Su piel morena clara, los ojos negros y grandes, contrastaban con su amplia sonrisa y sus dientes blancos. Lo más bello en ella era su cabello negro, brillante y largo hasta la cintura, con pequeños destellos castaños. Tenía una mirada cautivadora, llena de expectativas y esperanzas ante su vida que apenas empezaba. Aquella mañana se veía más bella en traje de baño que con el vestido rosa que lució en su fiesta.

***

Sylvia sale y ¡se vuelve a sumergir! No sé cuántas veces lo ha hecho ya. ¡Dios mío! ¡Se está ahogando! Estamos solas en la alberca. Yo soy buena nadadora, pero nunca he estado en una situación semejante. Recordé la regla de oro de la natación: *No te aproximes a alguien que se esté ahogando porque te va a hundir.*

Bastante alejado veo un muchacho, asoleándose, completamente absorto en lo que lee. Sabiendo que mi tono de voz no es muy potente, de todas maneras le grito a todo pulmón:

—¡Oye! ¡Ayúdame! ¡Hey, tú: acá estoy!

Me asusto aún más. Ni de casualidad me escucha. No ha reparado en nuestra presencia. Ni siquiera se ha dado cuenta que alguien se está ahogando. Con la vista busco alguna llanta salvavidas, alguna soga o algo por el estilo, pero no encuentro nada.

Sylvia vuelve a salir por un instante. Me ve más cerca, trata de decirme algo, pero no puede. De inmediato se vuelve a hundir. Ya no pudo esperar más. Sin tener nada definido, voy hacia ella.

Se hunde y, chacualeando, sale durante unos segundos. Lo único que se me ocurre es tratar de empujarla hacia lo menos profundo cada vez que salga.

No permitiré que me hunda.

Me acercaré por su espalda.

Ese es el plan exprés que se me ha ocurrido. Sin tener tiempo para pensar en otra opción, y para aumentar mis temores, Sylvia emerge frente a mí. Con seguridad me vio al acercarme. Apenas puedo separarme de ella. ¡Así es más difícil! En lugar de empujarla ahora ¡tengo que jalarla! Asustada hago mi cabeza hacia atrás como puedo para alejarme de ella. Le extiendo mi brazo izquierdo. Solo alcanza a tomar la punta de mis dedos. Antes de que se afiance, doy una gran brazada con mi brazo libre. Pateando con desesperación, separo mi cuerpo de ella. La remolco por un momento jalándola con la punta de mis dedos atrapados y apachurrados por su desesperación e inmediatamente, con fuerza libero mi mano. Ella se vuelve a hundir. Yo quedo libre. Ahora Sylvia viene otra vez hacia arriba. Sabe que estoy ahí para ayudarla. La primera vez funcionó, pero sé que cada vez está más desesperada. Yo estoy más asustada. Siento que el corazón palpitando rápidamente se quiere salir por la garganta. Estoy esperando el segundo ataque desde antes de que llegue a la superficie. Otra vez, pateando, alejo mi cuerpo lo más que puedo y solo extiendo mi brazo izquierdo y me preparo. Sale, desesperada, salpicando agua para todas partes. De alguna manera se apodera de mi antebrazo. Hago mi mayor esfuerzo para jalarla, entonces, siento sus uñas y sus rasguños en mi antebrazo al zafarme. Se vuelve a hundir. Le quiero gritar que nos falta menos, que ya avanzamos un poco, pero mejor guardo mi energía. A la tercera vez casi lo logramos. El agua todavía nos tapa, pero, ahora, con el fondo menos profundo, se avienta y tiene más segundos para respirar. Poco a poco vamos sintiendo el fondo más cercano. Por fin podemos dar unos pasos, encorvadas y exhaustas, alejándonos de la profundidad.

Sylvia parece otra persona: completamente desfigurada, temblando, llorando y tosiendo. Yo, seguramente, me veo peor. Estoy tan desconcertada que no sé si abrazarla o regañarla. Ya casi para salir de la alberca, es ella la que entonces se deja caer en mis hombros. Me abraza casi desfallecida.

–Gracias. Por poco me muero –dice con voz muy débil.

–¡Por poco y no te hago caso, mujer! Pensé que estabas jugando. ¡Todavía no puedo creer que te hayas metido a la alberca sin saber nadar, sin salvavidas y sin avisarme!

Sylvia, con expresión desencajada, trata de explicarse:

–No sabía que estaba tan hondo. Por favor, no les digas a mis papás. Me van a regañar.

No le contesto. Estoy cansada, y tratando que mi mente se normalice. Todavía no registro lo que acaba de pasar. Sin decir ya nada más nos dejamos caer en las sillas alrededor de la alberca. Quiero descansar sintiendo la brisa veraniega bajo los rayos de aquel sol tan ardiente.

Pero eso sí, al rato me va a oír…

Quizás

Scarlet percibía imágenes. Sentía estar dentro de una película: de una comedia del cine estadounidense. Frente a ella desfilaban escenas en las que no se sentía incluida. Lo veía y no podía escucharlo. Lo escuchaba y, entonces, no lo veía con claridad. ¿Qué tanto le decía?

Y, ¿cómo entender? En realidad, estaba interrumpiendo sus atropellados pensamientos que, como cascada, circulaban en todas direcciones.

Un poco antes, lo vio pasar muy cerca. Luego, prácticamente la embistió:

–Te conozco, ¿verdad?

–No creo. No soy de aquí –contestó con un durazno en la mano.

–Pero, ¿vives aquí?

–Sí.

Estaba en el supermercado. Un poco enfadada porque los duraznos no tenían aroma. Eso quería decir que no estaban sabrosos.

–¿Aquí, en la colonia? –insistió.

–Sí, sí.

¿Qué onda con este hombre?, pensó. Todavía le faltaba buscar un candado para la puerta del jardín.

Además, como tenía prisa, le fastidiaba que interrumpieran el intenso diálogo entre ella y sus pensamientos.

–¿Cómo te llamas?

–Mira, creo que me estás confundiendo. Seguro que me parezco a alguien –contestó sin darle su nombre y tratando de finiquitar su inesperada intromisión.

–No, no. Estoy seguro que te he visto antes. ¿Por qué calle vives?

Entonces, ante la insistencia, buscó sus ojos. Eran obscuros e impenetrables. No pudo ver nada en ellos. Eso la hizo titubear por unos segundos. Aunque tuvo que mirar hacia arriba porque él era fornido y bastante más alto. Eso le subía mucho la calificación.

—Vivo en la calle Geranios.

—Yo en la calle Lirios. Somos casi vecinos —dijo con cara de satisfacción.

Resultó que vivía enfrente de donde ella asistía a clase de pintura. Entonces, sí podía haberla visto antes. El *Te conozco*, tan trillado, parecía verdadero.

—Y, ¿desde cuándo vives aquí? No me dijiste tu nombre.

—Scarlet.

Extendiendo su brazo: la saludó.

—Yo me llamo Apóstolos.

—¿Cómo? —preguntó con timidez.

Pensó que había escuchado mal.

—Apóstolos.

—¿Es en serio? ¿Y por qué?

—¿Qué quieres que haga? Así me pusieron. Mi padre es griego. Mejor ni te digo mi apellido —contestó sonriendo.

Esta vez lo observó con más detenimiento. Se dio cuenta de que ¡no estaba tan peor!

Su calificación mejoraba.

—Nos cambiamos debido a la inseguridad. Casi casi somos refugiados. Esta ciudad convenía al negocio. Decidí seguir cerca de mis hijos. Solo venía por un año y ya tengo tres aquí —dijo de prisa.

No tenía por qué darle explicaciones. Lo hizo porque se sentía incómoda. Primero, casi se burla de su nombre. Además, no encontraba la manera de cortar la plática.

—Y, ¿vives con tus hijos?

—No. Ellos ya se casaron.

Él suspiró profundamente, como quitándose un peso de encima. Fue tan obvio que provocó que la desconfianza se asomara a sus muy enredados pensamientos.

–Yo estoy divorciado. Hace algunos años traté de volver con mi ex esposa, pero, de plano, no funcionó.

Le extrañó su comentario tan personal. Parecería que fueran amigos de toda la vida.

–Tengo dos hijos –continuó.

En seguida, sin hacer pausa, le dijo a una empleada que estaba muy cerca de ellos regalando muestras de "algo":

–Está muy interesante nuestra plática, ¿verdad? Usted quiere saber en qué acaba todo. Si hay un sí o si hay un no… ¿verdad?

–Mira, Scarlet: la señorita no se ha perdido ningún detalle de nuestra conversación.

La señorita enrojeció, se disculpó y se fue.

Bueno, bueno. Además de muy decidido, era simpático. Ya iba como en ochenta y cinco. Sacó cuentas en silencio.

–Te invito un café.

"¡Qué rapidez!", pensó.

–Qué pena, pero no puedo. Ya casi me voy. Salgo de viaje en una semana. Regreso en mes y medio.

–Eso suena a pretexto.

–No, no, para nada. Voy a visitar a uno de mis hijos que vive fuera del país.

–Papá: necesito mover el auto. ¿Me prestas las llaves?

Nos interrumpió un joven como de diecisiete años.

–Mira, te presento a Scarlet –le contestó.

Sonrió al ver a un muchacho jovial y amable.

–Mucho gusto.

Saludó con educación. Tomó las llaves y se fue.

–¿Sabes qué? ¿Me disculpas un momento? Voy a ver qué pasa.

–Sí, claro. No te preocupes. ¡Hasta luego!

Eso lo dijo en tono de "Hasta nunca".

Desapareció como había aparecido. Entonces, vio el durazno todavía en su mano izquierda. ¡Ah, sí! En eso estaba.

"¿Qué fue todo eso?", pensó, tratando de recapitular. De plano, sentía que no le había pasado a ella. Parecía que estaba viendo una película *chick-flick*.

Bueno, pues ni hablar. Mejor le sigo, pensó. Por fin encontró duraznos mejores y se alejó de frutas y verduras en busca del candado.

Aún así, no se terminaban de acomodar las cosas en su cabeza ya de por sí complicada y, lo peor, no encontraba los mugrosos candados. "¡*Focus*, mujer! ¡*Focus*!", se repetía. En eso, escuchó:

–Ah, ¡aquí estás! No te encontraba.

Regresó.

Claro, no tenía tipo de rendirse.

–Mira, quiero volver a verte. Por desgracia, olvidé mi celular. ¿Puees grabar mi número en el tuyo?

Y como para qué, pensó.

A esas alturas, ya no era la misma: ese hombre estaba haciendo su labor muy bien. Además, su insistencia hacía que sintiera cierta ternura.

–De acuerdo –le contestó, aunque no lo estaba.

De todas maneras no le iba a llamar.

–Nada más, por favor, deletréame tu nombre despacio –le suplicó.

Al terminar, le dijo:

–Márcame, ¿sí?, para que se quede tu número en el mío.

Lo vio venir demasiado tarde. Ya no había modo de cambiar las cosas.

–Mira, Scarlet, me gusta vivir el presente.

–Se ve.

–Es en serio. La vida es muy efímera. Pero eso, tú ya lo sabes. Me tengo que ir. Mi hijo me está esperando. Te llamo pronto.

–Sí, claro. No te preocupes.

Sí es que llama. Sí no, pues que le vaya bien. Al fin podría seguir con sus pendientes.

Se despidieron de mano.

Dios mío, qué cosas me pasan ¡A mediodía y en el super! Muy romántico el asunto, pensó. Su cara completa sonreía.

Para colmo: ¡no había candados!

Pero, eso sí: le había subido la autoestima, por el resto del día. ¡No, por el resto de la semana! Mejor aún: por el resto del mes.

Hora y media después, ¡le llamó!

–Aún no regreso a casa. Estoy en el centro comercial. Tengo varias cosas que hacer.

–¡Qué lástima! Te quería invitar a comer. ¿Mañana?

–Los domingos salgo con mis hijos. Si quieres hablamos en la semana.

–Sí, te llamo.

Más tarde, ¡volvió a llamar!

–Hola, otra vez.

–¿Qué pasa?

–¿Qué tal si vamos a cenar?

–Qué pena pero hoy no puedo.

Scarlet estaba confundida. No sabía qué hacer. En realidad no lo conocía.

–No te preocupes. Te llamo después.

¡Llamó el lunes! Scarlet se puso a pensar seriamente:

¿Qué voy a hacer con este hombre? Ha llamado cuatro veces en dos días. Tengo muchos pendientes que resolver antes de irme. Su insistencia me está causando mucha inquietud. Mejor acepto. Total…

–Está bien, vamos a tomar un café. Mañana a las cinco de la tarde. Que sea cerca de donde vivimos –agregó.

–¿Paso por ti?

–No creo. Nos vemos allá.

–¿Muy independiente?

–La verdad es que sí.

En realidad era desconfianza.

–Está bien, mujer. No hay problema. Nos vemos allá.

Ese "mujer", no era bienvenido en sus intrincados pensamientos. Pero, bueno…

Por supuesto, esta vez, en el café, sí hubo saludo con beso en la mejilla. Ya estaba muy probado que el hombre, de lento, no tenía nada.

El lugar al aire libre permitía que la brisa revolviera los olores del café. Fueron casi tres horas de risas y pláticas muy agradables. Parecía que ninguno de los dos quisiera terminarla.

Hacía algunos años había descartado de su vida los encuentros cercanos, de cualquier tipo. Se dio cuenta que las resoluciones que antes había tomado podrían cambiar; que el candado que tanto buscó, era para ella.

Lo había visto dos veces en su vida. De hecho, aún no se aprendía bien su nombre y, no obstante, pensaba en él con frecuencia.

Aún no lo conocía lo suficiente y ya lo relacionaba con su música preferida.

¿En dónde habían quedado el recelo y la desconfianza? Quizás se había cansado de respirar la soledad.

Su calificación había llegado a noventa.

Pero el diez restante, suele ser el tramo más difícil.

Es ahí donde no sabe si él lo logre.

Quizás.

Je l'ai déjà vu

Un silencio extraño me produce una inquietud profunda y me saca de mi completa relajación mental y corporal. Todavía siento el sol quemando mi piel, la brisa salada y la arena pegajosa en mi espalda. El olor a coco del bloqueador inunda mi olfato. Ya no escucho más el oleaje. Llegan ideas locas a mi mente.

Sin comprender, abro los ojos y me enderezo solo para ver el mar alejado de la playa y a una enorme ola acercándose veloz y despiadada hacia mí. La sensación *je l'ai déjà vu*, regresa. No hay nadie cerca. Alcanzo a ver gente huyendo: ¿Por qué nadie me avisó? ¿Por qué no escuché nada?

Trato de levantarme y correr. Imposible hacerlo. Siento que un monstruo gigante me avienta y me come al mismo tiempo. No sé si respiro. No sé si veo. No sé donde estoy. Dejo de escuchar los sonidos de la vida para oír solo un silencio inquietante con sonidos lejanos y difusos que retumban como eco. La arena, como miles de agujas, se incrusta en mi piel hiriéndome dolorosamente.

Cuando no puedo más, una ráfaga de aire me permite respirar con desesperación. Abro lo más que puedo los ojos, pero no veo: están llenos de algo pegajoso que creo es lodo.

Toso y vomito una sustancia espesa antes de volver a ser comida por el gigante feroz e insaciable, que me arrastra hacia donde le da su gana.

Empiezo a sentir golpes por todo el cuerpo. De pronto, un impacto seco, seguido de múltiples rasguños, me incrusta en lo que creo pueda ser la parte alta de un árbol.

Sin poder mover mi brazo izquierdo, pues de reojo lo veo doblado por completo colgando sobre mi espalda, trato de abrazarme a una de las ramas, ayudada por mis piernas. Desde ahí puedo ver cómo, poco a poco, el agua asesina se va calmando y regresa convertida, ahora, en un atole sucio, espeso e hipócritamente manso.

Yo me quedo ahí petrificada. No me atrevo a mover ni siquiera un dedo a pesar de que siento mis fuerzas irse junto con el agua.

Espero y espero a que, de alguna manera, pueda recibir alguna ayuda.

Las cosas se deben normalizar, como ya ha pasado antes. Tengo que estar bien para que otra vez el mar me vuelva a comer.

Un silencio extraño me produce una inquietud profunda...

Cleo

Cleo sabía que su figura, su caminar pero sobre todo sus caderas, la habían hecho famosa en el pueblo. Disfrutaba pasear por las calles toda *emperifollada*. Se colgaba hasta el molcajete para llamar la atención y provocar chismes. También sabía de todo lo que se hablaba de ella. Eso la tenía completamente *dispreocupada*. A sus veintiún años ya era considerada como *pobrecita: ya se quedó a desvestir santos*. Eso, en especial, lo decían las envidiosas que, a su misma edad, ya cargaban con dos o tres chiquillos y que además habían sido abandonadas para convertirse en madres solteras toda su vida.

Cleo se sentía *rializada* porque no había dado ni sin querer, ni queriendo, ningún mal paso. Tampoco había permitido, aún, que nadie metiera mano en donde no debía. Ni siquiera al Juan y vamos que le encantaba el muy condenado. Cada vez que se le acercaba sentía que le daba el *soponcio*. Seguro él la había enyerbado, porque le gustaba aunque no se bañara. Le faltaban algunos dientes, pero si no hablaba, ni quien lo notara.

No sabía por qué era diferente a sus primas y a sus amigas.

Nunca supo quién fue su papá. Las abandonó cuando ella era muy pequeña. Su mamá, siempre encerrada y deprimida, no quiso saber más de los hombres. No tenía hermanos. Sus abuelos maternos Margarito y Francisca la criaron como pudieron el tiempo que estuvieron vivos. De ellos heredó la forma *mocha* de hablar, según la criticaban en el pueblo. Ella nunca entendió por qué les pusieron los nombres al revés. Les hubieran puesto: Margarita y Francisco, se oía mejor.

No pudo terminar la primaria. En lugar de *achicopalarse* consiguió trabajo con el juez del pueblo. Ahí empezó barriendo y fregando pisos. Haciendo de tripas corazón se aguantó pues no le quedaba de otra.

Se empezó a dar cuenta de todas las broncas del pueblo. Ya para entonces ayudaba acomodando papeles y cobrando cuotas para, dizque, hacer mejoras. Le daba mucho coraje que habiendo tanta agua en el pueblo, pues tenían ocho ojos de agua ahí mismo, todos ellos tenían que llevar el agua a sus casas a cubetazos. Los tubos tirados en las calles sin pavimentar llevaban ahí aventados dos años y empezaban a amolarse. El pueblo estaba dividido en dos por la carretera. Los de abajo tenían agua que escurría por gravedad. A los de arriba no les llegaba ni una gota. Les molestaba tanto que en lugar de conectar las tuberías faltantes, tapaban los pocos tubos conectados para que nadie tuviera agua. Decían que o todos coludos o todos rabones. Los tres jueces del pueblo nunca terminaron de instalar la tubería y, de alguna manera, la bomba que elevaría la presión del agua para que la distribución fuera uniforme, desapareció. Cuando iban el presidente municipal desentendido en turno o algún candidato a prometer mentiras, conectaban el agua en la única escuela. Ahí los recibían y fingían que todo el pueblo contaba con agua. Total que de cualquier forma, ellos eran siempre los que pagaban los platos rotos.

Cleo sabía de una próxima visita. Otro candidato. Seguro otro que iba a prometer. Ella tenía que hacer algo para que se enterara de la falta de agua en el pueblo a pesar de que los jueces no querían que se hablara del tema y menos que se investigara. Ella fingía no oír ni entender nada para no perder su trabajo.

Necesitaba ayuda. Nadie en el pueblo la apoyaría aún sabiendo que se beneficiarían todos. El único era el *güey* de Juan. Él era despegado de todos como ella. Tendría que ir a buscarlo a su jacal en la tarde, cuando regresara de la milpa. Allí vivía solo, bueno, eso decía él. Seguro que iba a pensar otra cosa el muy desgraciado y lo peor: seguro que iba a apestar a chivo correteado. Ni modo.

Esa tarde se decidió.

Oyó los cuchicheos cuando la vieron encaminarse sola para buscar al Juan.

Estaba afuera de su casa. Parecía distraído.

De pronto, la vio.

–¡Ah, jijo! ¡Mi asustates todito! ¡Qiúbole, mi chula!

–Qiúbole, Juan. Ti agarré tragando pinole. Tabas toditito ido.

–¡No te figuraba aquí! ¡Me da harto gusto qui'hayas venido, Cliotilde!

–Ni te alborotes. Mesmamente vine pa'hacerte un encargo, Juan.

–Lo que tú queras, mamacita.

Cleo pasó saliva. No le gustó ni el tono, ni el modo. Además la *enchinaba* que le dijeran Cliotilde. ¿Por qué no le decía Cleo el muy *canijo*?

Todo era culpa de su mamá: de plano la amoló cuando le puso ese nombre.

El Juan se acercaba mucho y apestaba peor que nunca.

–Tate sosiego, Juan, o te doy un guamazo. No vine pa' eso.

–¿Tons pa' qué? Pero más mejor pásale pa' dentro, mi chula.

–No, ni creas. Vamos platicando aquí ajuerita pa' que no se haga tanto argüende. Mira cómo están la bola de malhoras –dice señalando a los mirones.

–Tons, ¿pa' que soy güeno? –preguntó Juan, aunque él veía que la *güena* era Cliotilde.

–Quero que mi ayudes a tapar la tubería. Tú ya sabes cuál. Pa' que no salga el agua en la escuela el día que venga el dizque candidato, ese de los anuncios, a echar habladas.

–A chivá chivá. ¿Pos qué trais?

–Ni ti hagas, Juan. Tú lo haces desde endenantes. Mi crees mensa, ¿o qué?

–Sí, pos sí.

–¿Sí mi crees mensa, güey? –le grita.

–No, pos claro que no. No ti alebrestes. Que sí le sé a eso de la tubería.

–¡Ah! Pos así, pos sí. Tons, ¿li entras?

–¿Y pa'qué?

–Pos mira, es asegún lo mires. Sempre presumen que dizque su partido nos puso l'agua en todo el pueblo. Si va a dar cuenta dilante de todos que son purititas mentiras. El mugroso candidato ya no li va a poder tapar el ojo al macho. No li va a quedar más rimedio que terminar de coneitar las tuberías. A juerzas.

125

–Ya me cuatrapié todito. A ver si no nos metemos en una bronca y nos endilgan al muertito.

–Si queres, yo mesma ti hecho aguas pa' que naiden sepa.

–No, ni falta qui hace.

–Si alguen ti pregunta, ti haces el guaje. Al cabo que ni batallas.

–Y yo, ¿qui gano?

–A luego nos ponen por fin una llave en la entrada de la casa de cada quen como prometieron desde hace dos años. P' a ver si ancina ti bañas más seguido.

–¡A su mecha! Tú siempre tan fijada. Pero, tá güeno: ti voy a ayudar.

–Órale pues. Tons ancina li hacemos. Pero no vayas a hacer las cosas al ay se va. Quero qui tragen camote los muy disgraciados. Y ya mi voy porque todos están de fisgones. Hasta se mi figura que la bola di metiches no tienen quiacer.

"Lo que tiene que hacer uno por las viejas", pensó Juan, mientras Cleo se iba junto con sus caderas. Por más que quería, no podía dejar de mirarla.

Cuando Cleo supo el nombre del candidato empezó a sentir simpatía por él. Resultó que se llamaba Epigmenio. Al pobre lo amolaron más que a ella con ese nombrecito.

Dos semanas después, cuando los escuincles entraron a la escuela en la mañana, el Juan cortó el agua. Para las tres de la tarde que llegó el candidato, la escuela era un desastre. Los padres de familia ya estaban hartos. Lo esperaban para quejarse. El resto del pueblo se les unió. El candidato y sus ayudantes se dieron cuenta de que nunca se terminó la obra. Los jueces ya no pudieron taparle *el ojo al macho*. Entonces les prometió que terminaría toda la instalación; no sin antes asegurarles que *llevarían las investigaciones hasta las últimas consecuencias*, para saber que pasó con la bomba.

Después de muchas averiguaciones, al estilo burocrático y de esperar un año, Cleo pudo ver que las obras empezaban. Por fin iban a tener agua frente de sus casas.

Ahora estaba muy agradecida con el Juan. Si se bañaba, de perdido una vez a la semana, había posibilidades de que ella lo dejara acercársele.

Las malas lenguas decían que como había tanta agua en el pueblo se iban a llevar una parte a la capital y que a ellos les iban a dejar el servicio solo un rato en la mañana.

Bonito negocio, pensó Cleo: *Ahora risulta que estábanos mejor cuando estábanos pior.*

Emociones al aire

El sol brilla y me permite ver con claridad absoluta todo lo que me rodea. Los cañones hacen que el río Colorado, casi kilómetro y medio abajo, se vea como un pequeño arroyo. Él es el culpable de la formación del Gran Cañón. Ha erosionado el terreno por miles de años. El helicóptero tiene el frente de cristal. Puedo ver para todos lados, aún hacia abajo; puedo apreciar miles de mesetas y torres en forma de quebradas, esculpidas en las rocas.

Partimos a las once de la mañana.

El tour duraría todo el día.

Ya habíamos volado por encima de la presa Hoover: su enorme cortina blanca no desentonaba con aquella cantidad de agua tan azul y tan comprimida en medio de cerros empedrados en tonos de café obscuro y rojo cobrizo. Entre todos parecían doblegar al gran río. El ruido ensordecedor de las hélices había disminuido con los grandes audífonos que nos proporcionaron al empezar el vuelo. Ellos nos permitieron escuchar la voz del piloto, pero sobre todo la música que nos había acompañado la mayor parte del paseo. Solo éramos seis pasajeros. Por supuesto que yo iba sentada junto al piloto. El principio fue tranquilo. Volamos subiendo y bajando, suavemente, al ritmo de la Novena Sinfonía de Beethoven. Al ir avanzando sentí un vacío en el estómago que de pronto se fue llenando con el estallido de imágenes que recibieron mis ojos. Aquel increíble paisaje, tallado y modelado por los elementos, en combinación con la altura y la música, hicieron que extendiera mi vista hacia una inmensidad que me hizo sentir libre flotando en el infinito. Después de aquella sensación de libertad completa, empecé a sospechar del comportamiento del piloto. Él hacía que nuestras emociones cambiaran según el paisaje. Música suave en las mesetas. Los tonos en café-naranja con destellos amarillos hacían vibrante el tema del Último de los Mohicanos: volábamos bajo, casi al ras de la tierra.

Ahora, sobrevolando la parte mas alta del Cañón, el piloto nos dice casi gritando:

–¡Estamos en Vietnam! Tenemos órdenes de atacar al enemigo. ¡Está allá abajo!

Sin más, empieza el descenso en picada. Yo ya no sé en qué parte del cuerpo está mi estómago. Las ensordecedoras descargas de ametralladora se estrellan en mis oídos: vienen acompañadas de alguna marcha de guerra que no alcanzo a identificar. La caída es tan violenta que no me deja tiempo para pensar, rezar o discernir algo, cualquier cosa. Por instinto me sostengo con firmeza del cinturón de seguridad, como si eso fuera a ayudar. Busco la mirada de mi esposo que viaja en la parte de atrás. Al notarlo muy descolorido, me asusto aún más. Sobre todo cuando veo que estamos acercándonos demasiado rápido al suelo. Por fortuna, y después de haber matado a muchos enemigos, empezamos el ascenso y escucho por los audífonos:

–¡Misión cumplida!

La cercanía me permite ver que el piloto sonríe.

No puedo matarlo: por hoy creo que ya son demasiados muertos.

Por un momento pienso disfrutar el regreso mientras observo las diferentes tonalidades de las paredes del Cañón. Pero empezamos a oír el tema de Misión Imposible, y la siguiente sentencia:

–Estamos teniendo problemas: no sé si llevamos mucho peso o se está quemando el motor.

Verdaderamente se oye el motor enronquecido. Parece que el helicóptero no tiene suficiente fuerza para seguir subiendo. Lo hacemos tan lento y nos acercamos tanto a las paredes, que casi veo las hélices chocar con los bordes y salir disparadas para todos lados. Sé que el piloto está jugando con nosotros, pero, ¿qué tal si no? Ante esas expectativas, los segundos se llenan de suspenso y me doy cuenta que elevo mis pies para tratar de aligerar el peso. Por fin, volando lentamente, llegamos arriba, no sin antes escuchar que nos dice:

–Por suerte, cuentan con un muy buen piloto.

Vuelvo a pensar en matarlo, pero después, ¿quién nos lleva de regreso?

Luego de tantos altibajos, descendemos en la parte más alta de una reserva india en donde nos ofrecen algo de comer. No puedo probar nada. Mi estómago todavía no encuentra su lugar. Solo puedo disfrutar de la brisa cálida y limpia del desierto que acaricia mi cuerpo. El vuelo de regreso lo siento mucho más tranquilo. Emocionalmente estoy agotada. La música suave de Chopin y los tonos naranja del atardecer, me permiten renacer y seguir disfrutando de paisajes llenos de libertad.

Cruzamos Las Vegas, que empieza a encender sus millones de luces.

Antes de despedirnos del piloto le pregunto cuánto tiempo hace que vuela helicópteros. Aquel hombre alto, de aproximadamente cincuenta años, al que no le puedo ver la cara completa pues nunca se quita ni los lentes obscuros, ni la cachucha, me contesta:

–Empecé ayer.

Por supuesto, ¡es otra de sus bromas!

Y entonces, ahora, sí puedo oír sus carcajadas…

Algo bello

Aunque mi corazón estaba sentimentalmente ocupado, después de seis meses de extrañarlo, acepté salir con alguien más.

Era como una escapada, como un dejar de sentir ese dolorcito incómodo en no sé qué parte del cuerpo, pero que te quita energía y luz. Era como descansar de esa ausencia.

Me habían convencido, y, además, me dejé convencer con:

No pasa nada.

Es para que no estés triste.

Es una gran persona.

Ya está recibido.

Además es médico.

De muy buenas familias.

No creo que aquél se entere... y si se entera, mejor, para que regrese pronto.

Por fin acepté. A ver qué pasa, pensé.

Todos esos pensamientos estaban en mi cabeza al momento del encuentro. Mientras pasaban por mí quise sentir mi entorno. La tarde estaba terminando. Empezaba el otoño. El ambiente era agradable. Una ligera brisa me acompañaba permitiendo que me sintiera cómoda y relajada. Las hojas de los árboles se mecían despacio.

Por fin llegaron por mí. La muy convincente de mi amiga, su novio y el suertudo que iba a conocer. En ese momento me di cuenta de que, ¡nunca lo había visto! Me asusté: ¿y qué tal si no me gusta? Pequeño detalle que se me había pasado.

Al subir al automóvil, fuimos presentados. Nos saludamos. Él era bastante guapo. Obstáculo superado, suspiré. Ojos grandes café castaño, muy brillantes, con muchas pestañas. Parecía más alto que yo: eso me encantaba. Muy atento, muy formal. Nervioso... yo más.

Su mirada era transparente y su semblante parecía franco y sereno, además, tenía una gran sonrisa que le daba mucha seguridad.

Pocas palabras: solo frases cortas durante el trayecto.

Aún así había algo que me hacía saber que había probabilidades de empezar algo bello.

¿Estás ocupada?

Llego de la calle con cantidades industriales de papeles: comprobantes de las tarjetas de crédito, facturas del negocio, pagos de mensualidades y servicios de la casa; información que obtuve para instalar un *minisplit*, casas en renta, por si me cambio, locaciones importantes cerca de Querétaro, por si las necesito; tarjetas personales y más tonterías que colecto cada vez que salgo.

Debido a mi obsesión por la limpieza y el orden, hace tiempo hice el gran propósito de guardar y acomodar todo, una vez llegada a casa, en vez de aventarlo por ahí, y así evitar acumular montañas de papeles. Generalmente lo hago, pero, ¿qué sucede? Estoy en eso, cuando suena el teléfono. Es mamá.

Entonces, hablando con ella, para "aprovechar el tiempo", empiezo a doblar mi ropa interior. De un vistazo me doy cuenta que se está acabando el papel de baño. Como no encuentro en el gabinete, bajo la escalera, llego a la despensa y, con la ayuda de un banquito, me subo para, de una vez, llevarme varios paquetes. Estando arriba, revisando la despensa, donde guardo los artículos repetidos de la casa, veo que ya no hay aceite de oliva. Bajo del banquito y lo apunto en la lista que tengo colgada en la pared de la cocina, especialmente para eso. Y, entonces, veo que el filtro del agua sigue goteando. ¡No puede ser! Ayer no lo dejé bien, pienso. Me abalanzo al clóset de herramientas y saco las pinzas para apretarlo. Estoy en eso, todavía en medio de la plática con mi mamá, cuando llega la muchacha y me dice algo que, ya de plano, no logro entender.

–Un momento, mamá, por fis –y pregunto–: ¿Qué pasa?

–Llegó el jardinero.

–Dile que pase, por favor.

Regreso con mamá, reviso el teléfono y veo que ya llevo veinte minutos "hablando" con ella.

–Sí, te escucho –le digo y continúo con las pinzas.

Parece que ya no gotea. Guardo las pinzas y subo otra vez al banquito para bajar los papeles de baño. Entonces se me atora el tacón y se despega la tapa. Chin, chin y rechin, me enojo. Otra vez. ¡Siempre me pasa lo mismo! Ni modo. De regreso a mi recámara, dejo los papeles de baño arriba de la cama y mi cuello me empieza a reclamar. Llevo casi media hora forzándolo, para poder sostener el teléfono. Me acuerdo del altoparlante. ¡Qué bendición! ¿Cómo no se me ocurrió antes? Busco otro par de zapatos. Unos cómodos pues voy a estar un rato en la casa. De pronto, veo arriba de una de las cajas, en el tocador, el anillo verde que llevo dos días buscando. ¡Ah, sí! ¡Aquí lo dejé! Me alegro y, rápidamente, trato de guardarlo. Sostengo el teléfono bajo mi brazo izquierdo, para poder abrir, con las dos manos, el joyero. Este se voltea, se me cae y salen disparadas, para todos los polos del planeta, chorrocientas cosas.

–¿Qué fue eso? –pregunta mamá.

–Nada, no te apures –me apresuro a decir, pero estoy casi llorando de pensar todo lo que tengo que acomodar.

Recojo todo, como puedo, no sin antes darle algunos "consejos" a mi mamá, y dejo todo el revoltijo arriba del peinador.

Decido sentarme unos minutos. Los temas tan "serios" que he tratado con mamá, lo ameritan. Entonces, suena el celular… Lo localizo con el oído, corro por él al estudio.

–Espérame tantitito, mami.

Veo que es uno de mis hijos.

–¡Hola!

–Hola, mamá. ¿Estás ocupada?

–Uuuy, si yo te dijera.

–Oye, tengo algunos papeles del banco que tienes que firmar.

–Está bien. Tráemelos.

–¡Ah! Oye, mamá, te mandé los documentos de la tramitación de ayer. Cópialos, fírmalos, escanéalos, y me los vuelves a mandar.

–¿Ahorita? –pregunto con voz temblorosa.

–Sí, estamos detenidos esperando tu contestación. Al cabo que es rápido, ¿no?

–¡Sí, claro!

–Nos vemos al rato, entonces. Oye, ¿tienes algo de comida?

–Tú vente. Aquí siempre hay comida. Te espero.

Cuelgo.

–¿En qué nos quedamos, mamá?

Entonces bajo volada a la cocina. Saco lo que quedó del cortadillo de ayer, y lo que quedó de la sopa de antier. Con verduras al vapor y uvas de postre completo la comida. Pongo a cocer las verduras, a fuego lento, cuando oigo:

–Señora: ya terminó el jardinero.

Voy por mi bolsa, saco el dinero, se lo doy a la muchacha para que pague; le digo a mamá:

–Ajá.

Guardo los papeles de baño en su lugar y termino de doblar mi ropa interior.

–Bueno, y, por fin, en que quedó todo –continúo con mamá–. ¿Qué el día último, qué?

En ese momento me doy cuenta que estamos a veintiocho. Se está acabando el mes, y los pagos "bien, gracias". Tengo que ir al banco. Corro por la papelería a mi escritorio. Entonces veo los papeles con los que llegué de la calle, y que iba a guardar hace más de una hora. Además me falta copiar, escanear, firmar, y toda esa letanía.

–Bueno, mami, luego hablamos porque estoy un poquito ocupada. Saludos a mis hermanos, y besitos.

Termino por fin. Me siento por un momento. Un día de estos dejo de ser tan ordenada. En eso se escucha el timbre de la puerta.

Alguien llegó a comer…

Bruja

Era una verdadera fiesta en casa de mi abuela: festejábamos la visita de mi hermano. Desde muy joven se había ido a vivir a Los Ángeles. Ahora viudo, no muy triste pues ya había tenido varias nuevas novias, nos visitaba sin sus dos hijos adolecentes. Mi mamá y sus siete hermanas no cabían en sí mismas. Era tanto su gozo que platicaban, bromeaban y bailaban cada vez que revolvían con la cuchara lo que fuera que estuvieran cocinando.

Después de ocho mujeres en su casa, mamá que era la mayor de todas, había sido la suertuda de traer a este mundo al primer nieto. ¡Un varón! Mi hermano de plano se había sacado la lotería. Era, por supuesto, el consentido y más querido de mi familia materna.

Entre olores exquisitos de guisados, sopas, purés, verduras al vapor, ensaladas frescas, pasteles, nieve de vainilla y, sobre todo, el increíble olor a carne asada, que era la especialidad de uno de los tíos, se escuchaban las carcajadas, los gritos de euforia y al tío con la guitarra cantando; niños correteando o peleándose por el Nintendo, y los gritos de *¡gol!* desde el patio.

Todos estábamos muy contentos.

Ese día, casualmente, era mi cumpleaños. Por más que yo les repetía, en son de broma, que la fiesta era para mí, la verdad es que no les caía en gracia: solo sonreían y seguían, cada cual, en lo suyo.

Todo iba muy bien. Mi esposo por fin parecía hacerse amigo de los respectivos esposos de mis primas. Mis tres hijos andaban por ahí, comiendo mugreritos y jugando.

De pronto, una de mis tías se puso de pie y, con cara de mujer engañada, anunció el terrible suceso:

—Antonio René no ha llegado. ¡Tiene veinte minutos de retraso!

Antonio René era su único hijo, mi primo hermano. Ese sábado trabajaba medio día.

Aunque los niños seguían jugando, se hizo el silencio entre las alborotadas cocineras. Las primas nos veíamos sin saber qué hacer. La fiesta se transformó en un velorio. Todas absolutamente todas las tías, pensaron en sesenta o setenta desgracias, cada una, que multiplicadas por ocho…:

Que si chocó y está mal herido; que si lo secuestraron; que la policía lo detuvo por exceso de velocidad; que dos tráileres lo apachurraron por completo; que los secuestradores no tardaban en llamar.

Mi pobre tía de plano lloraba ante tantas desgracias juntas, y todas sus hermanas la consolaban dando por hecho que alguna de aquellas tragedias ya había sucedido.

Ese preocuparse por todo, todo el tiempo y en todos los eventos, era un típico patrón exasperante y absurdo de toda la familia materna, incluyéndome.

En ese entonces yo ya no podía vivir con tantas preocupaciones y mortificaciones sin suceder. No puedo decir que no me dejaban respirar, pero sí que me hacían respirar al doble. Mi cuerpo y mi mente estaban acelerados. Mi tiroides trabajaba al doble de su capacidad. Rezaba dos o tres rosarios diarios más los doscientos cincuenta prometidos, y que todavía adeudaba. Tenía veladoras encendidas por todas partes, siempre con el temor latente de incendiar la casa. Todo eso no era suficiente. Mis miedos y mis hijos creciendo me hacían entender que mis alas ya no podían dar cobertura a mis pollitos y que llegaría el momento en que se saldrían de mi regazo.

Por alguna razón, creo que de hartazgo, me enojé ante esas actitudes tan catastróficas. ¡Qué afán de echar a perder el momento! Conocía a las tías de toda la vida y sabía que era difícil que vieran la vida de otra forma. Entonces, exploté:

—¡No exageren! Antonio René va a llegar en once minutos.

¿De dónde había yo sacado eso?

Ni yo lo sabía.

—¿Y tú cómo sabes? —alguien preguntó.

–Ah, tú espérate, y verás. En cuanto llegue, avísenme.

Salí de aquel lugar enrarecido por tanta catástrofe.

Y, entonces, llegó Antonio René.

No a los once minutos, exactos, pero estuve muy cerca. Llegó sonriendo, con la mirada apacible, joven y lleno de vida. Se encontró a alguien por el camino y se quedó platicando.

Eran finales de los ochenta. En aquel entonces no había celulares.

Había muchas opciones, pero yo le atiné. Mi opción fue la más cercana.

Bien a bien, nunca supe qué pasó.

Esa tarde no me bajaron de "bruja".

¡Ah, pero cómo aprendí!

Términos y condiciones

Hola, Guillermo:

La verdad es que no sé en qué momento se hicieron tantos enredos. Solo te he mandado tres correos electrónicos. Este es el cuarto y creo que no habrá más. Todo iba a ser muy sencillo. La idea era mandar uno o dos correos al mes e intercambiar ideas con alguien que viva en otro país. Me pareció interesante. Estoy de acuerdo en que yo no quise chatear. Hubiera sido una manera de evitar malentendidos: ahora lo sé. Pero no me agrada la sensación de chatear con alguien que apenas conozco y nunca he visto. Pensé que sería mejor primero conocerte un poco y después aceptar términos y condiciones.

Te comenté en mi correo anterior que me gustaría que esto fuera una amistad agradable. No quiero dar explicaciones en cada oración que escribo. De ninguna manera acepto ni obligaciones ni compromisos por los problemas que cargas en tu mente. A estas alturas de mi vida no me interesa ninguna amistad problemática.

¿Para qué?

Es muy incómodo saber que "buscas entre líneas" un mensaje distinto a lo que te escribo. Soy espontánea y directa. A diferencia tuya, yo sí analizo lo que escribo y digo exactamente lo que quiero decir. Prácticamente es a lo que me dedico.

¿Sabes que lo que uno cree no siempre es lo que verdaderamente sucede?

Si eres desconfiado, no es mi culpa.

Por otra parte, ¿qué interés puedo tener en enviarte mensajes entre líneas?

Estuve casada muchos años. Después que se fue mi esposo y se casaron mis hijos, decidí hacer algo distinto. No tengo ningún interés en comenzar una relación con nadie. Te lo pueden confirmar mis amigas. He tenido algunas oportunidades, pero la verdad es que ya aprendí, por fin, y después de batallar mucho, a disfrutar de mi tiempo. Lo distribuyo como mejor me parece.

Es una pena que minimices el dolor tan enorme que tuve al perder a mi esposo. Sobre todo porque no tienes idea ni de mi vida, ni de lo que pasó. Es muy fácil adueñarte del papel de víctima y decir que lo mío fue "obra de la fatalidad" y que lo tuyo en verdad fue "más fuerte". Ni el dolor físico ni el del alma pueden medirse. Por eso se respetan. Esto quiere decir que no se comparan ni se juzgan. Hay gente que muere después de perder a su mascota...

Lo que debes hacer es dar gracias a Dios por tener salud y familia. Dejar que los errores se vayan. Pero eso es tu decisión.

Debo reconocer que en el correo anterior evité decirte, para no parecer grosera, que es absurdo que me mandes decir que necesitas mi amistad. ¡Por Dios! Eso es mentira. Tú necesitas la amistad de cualquiera que te esté escribiendo. Esto, además de insultante, es algo que tampoco es mi culpa. Es otra de tus decisiones erróneas.

Con mis amigos me comunico por teléfono, por WhatsApp, o por Facebook. Por Internet solo les mando mis cuentos antes de publicarlos, para saber su opinión. El Twitter lo utilizo para publicidad. Por supuesto que en ningún momento contemplé la posibilidad de utilizar la correspondencia para comunicarnos. ¿Qué te pasa?

Como puedes ver somos muy diferentes. Verdaderamente creo que me equivoqué al aceptar tus correos. Lo mejor es dejar las cosas hasta aquí y, de plano, cancelar sin siquiera haber terminado de leer las minúsculas letras del contrato.

Quizá algún día nos encontremos en los caminos inimaginables del Internet.

Mientras tanto, espero que te vaya muy bien y que Dios te bendiga.

Sofía

Cara borrosa

Estaba completamente paralizada por la indignación. El miedo vergonzoso y la prepotencia enfurecida que sentía eran provocadas por aquel hombre que estaba de pie en medio del pasillo del autobús. Tenía rato de estar acercándose a mí. La altura de su bajo vientre, era casi la altura de mi cara.

Primero pensé en que fuera coincidencia. Quizá el vaivén normal del autobús lo hacía aproximarse. Al notarlo, en medio de mi lectura, me corrí con discreción hacia el centro del asiento lo más que pude, fingiendo indiferencia. No había mucho qué hacer. La mujer sentada junto a mí, dormía cómodamente. Para colmo, mi asiento estaba en la parte trasera, ya casi para terminar el pasillo.

El libro ya era solo un adorno. La inquietud convertida en miedo que me subía desde el estómago a la cara, no me permitía ni leer ni moverme. Noté que mis manos estaban heladas y que un ligero temblor las acompañaba. Bajé el libro. Tenía que hacer algo ¡ya!

La consigna "debí haber escuchado a mi mamá", nunca quedó mejor.

—No te vayas en ese horario. Es un camión que se detiene y sube pasajeros aunque ya no haya asientos libres. Mejor espera a tu hermano, para que te acompañe —me sentenció.

Pero mi urgencia era mucha. Tenía una comida importante ese día. El plan ya estaba hecho. Además, como el recorrido era corto, un poco más de una hora, decidí irme sola. Mi desbocada inexperiencia juvenil me decía: ¿Qué puede pasar?

Ahora estaba sintiendo lo que me podía pasar. Los minutos interminables se acumulaban y yo todavía no reaccionaba.

Aún sin tocarme, lo sentía muy cerca.

Cada vez más.

No podría tratarse de una casualidad.

Aunque no lo había visto ni a él ni a ninguna parte de su cuerpo, mis dudas cada vez eran menos. Sin dar señales de haber notado su mezquino placer, pensé en gritarle y decirle lo que se merecía. Se iba a hacer un escándalo. Seguro el chofer detendría el autobús, y, por supuesto, aquél negaría todo. Intempestivamente me puse de pie y le dije en voz alta:

–Se hace a un lado. Voy a pasar. Viene usted muy encimado.

Solo vi a un individuo que no quería ver. Sentía asco de imaginarlo. Con actitud de reina ofendida me dirigí al chofer. Me repetía: ¿qué le digo? ¿qué le digo?

–Buenos días. Disculpe, ¿podría bajarme del autobús en el cruce de las avenidas Gonzalitos y Fleteros? –le pregunté en voz muy baja.

–¿Trae usted equipaje?

–Solo el de mano.

–Bien. Se aproxima a la puerta un poco antes de llegar.

–Muchas gracias

Regresé con cara de triunfo, pasando entre otros pasajeros que viajaban de pie queriendo demostrar una seguridad que no sentía ni en las uñas. Avancé sin ver a nadie y menos a ese hombre sin entrañas. No pude evitar dibujar su silueta en mi mente al verlo casi de reojo: camisa clara, pantalón que parecía gris, cabello obscuro medio ondulado, estatura media, como de treinta años, cara borrosa.

Me senté y respiré profundamente. El tipo no sabía de qué habíamos hablado el chofer y yo. Eso era bastante ventajoso para mí. Se encontraba, ahora, alejado de mi asiento confirmando así su actitud cobarde.

Faltaba más o menos media hora para llegar. Aunque por el momento estaba más tranquila, empezaron a llegar otros temores. Y, ¿qué tal si se bajaba atrás de mí?

Ante mi desesperación por alejarme, escogí un lugar incómodo para descender del autobús. Era como a tres cuadras de casa de mi abuela, pero había que atravesar dos avenidas, unas vías del tren y un parque. Nunca había hecho ese recorrido a pie.

Un poco antes de llegar al crucero, sin siquiera volver la mirada, me acerqué a la puerta. El autobús se detuvo, bajé y vi que nadie más lo hizo. Era casi mediodía. El sol y el calor eran intensos. Corrí y corrí tratando de no imaginar nada más. Al cruzar el parque vi el automóvil de Ramón. Me esperaba caminando en el jardín de casa de mi abuela. Me vio y salió a recibirme.

—¿Qué pasó? ¿Por qué vienes a pie? Estaba esperando que llamaras para pasar por ti.

—Me vine sola y me bajé a tres cuadras de aquí.

—Nunca haces eso. ¿Estás bien?

—Sí, es cierto: es que ya quería llegar.

—No me gusta que te vengas sola. ¿Cuándo sale tu auto de la agencia?

—En dos días. No te preocupes.

—Entonces, ¿por qué estás así?

—¿Cómo? Es que venía corriendo.

—A ver, ven aquí —me dijo pasando su brazo por mi espalda—: ¿qué pasó?

Ramón era muy suspicaz y yo muy transparente.

—Un desgraciado pelado, me asustó muchísimo. Ya quería bajarme del autobús —dije sin titubear.

—Si lo ves, ¿lo reconoces? —preguntó de inmediato.

Yo no entendía para qué quería saber eso.

—No sé. Creo que sí.

Y yo que había tratado de borrar aún más esa cara...

Todavía no entendía nada y Ramón ya sabía exactamente lo que iba a hacer.

—Entonces avisa que ya llegaste y vámonos a la central. Esto no se va a quedar así.

Su mirada, primero dulce, luego de preocupación, era ahora brillante y fría.

—No. No, Ramón, no es necesario. Gracias a Dios ya estoy aquí y no me pasó nada.

—Si no vienes, me voy solo —dijo al tiempo que subía al automóvil—. Vámonos, me cuentas en el camino.

Fue todo muy rápido. Acababa de salir de una, y ya estaba metida en otra. Nunca pensé que fuera una buena idea buscarlo. Lo que yo menos quería era verlo de nuevo. Sobre todo cuando sentía que ya había acabado todo. Tenía la esperanza de disuadir a Ramón para evitar el enfrentamiento y de que el autobús hubiera llegado antes que nosotros.

Pero no sucedió.

Llegamos antes y desde la sala de espera en donde nos encontrábamos, pudimos ver, a través de un gran cristal, cómo descendía pasajero tras pasajero. El infeliz fue de los primeros en bajar.

No dije nada.

Ramón no dejaba de preguntar:

—¿Es ese? ¿Es ese?

Yo lo negaba en cada ocasión. Le comenté, entonces, que aquel hombre quizá se había bajado antes.

Los pasajeros se encaminaron a la sala de espera, pasando a nuestro lado. De alguna manera, el tipo me vio. Desvié la mirada de inmediato, pero Ramón se dio cuenta y lo supo. De tres zancadas lo pescó del cuello de la camisa y le dijo:

—¡Ven para acá, hijo de puta! ¡A ver si es cierto que eres tan macho, hijo de tu méndiga madre!

El miedo, que iba en aumento, en ese momento explotó. Por más que me esforzaba no podía imaginar hasta dónde llegarían las cosas.

Al cara-borrosa se le fue la seguridad prepotente que mostraba antes. El inesperado recibimiento había hecho que se le fuera el color y se le desorbitaran los ojos. Yo estaba viendo a la piltrafa en que se convertía el que ya de por sí era muy poco hombre. En ningún momento trató de defenderse.

Jaloneándolo y empujándolo, Ramón lo puso frente a mí.

—Cómo te atreviste a asustarla con tus porquerías, maricón…. ¡Híncate y pídele perdón!

—¿De qué?, yo no hice nada —alcanzó a balbucear aquél.

—Pídele perdón ahorita que puedes hablar, hijo de puta. No tienes idea de cómo vas a quedar.

Yo estaba impactada. Aún sabiendo que el sujeto se lo merecía, no pensé que Ramón fuera a reaccionar de esa manera. Quería pensar que una lección así serviría para que el hombre lo pensara más en otra ocasión.

Por fortuna yo había salido bien liberada. Eso sí, ya para entonces mi sistema nervioso se había agotado. Solo era una espectadora más en medio de una bola de gente alrededor viendo el espectáculo en que nos habíamos convertido. Mi miedo era que llegara la policía.

Y ahí estaba el pobre infeliz hincado frente a mí.

–Perdóneme, señorita –dijo en voz muy baja.

Para mí era suficiente.

Ya me quería ir de ahí.

–Más fuerte, cabrón. No te escucho –le ordenó Ramón.

Al hombre no le salía la voz por el pánico. Como pudo, dijo:

–Discúlpeme, señorita, por favor.

Tenía frente a mí la definición exacta de lo que era un cobarde.

–Ya déjalo, Ramón. Vámonos, por favor.

Nos fuimos dejando a esa cosa en el piso: hincado y asustado hasta la médula.

Su cara aún era borrosa.

Ver la soledad y escuchar el silencio

Ya de por sí llegar a la casa en donde viví treinta años, es doloroso y difícil.

Desde que me acerco a los rumbos de toda la vida, a los que yo sentía mis dominios, a las calles y recovecos aprendidos de memoria, la sensación es distinta. Ahora los siento extraños, ajenos y distantes. Estoy perdida en un lugar tan conocido.

Los recuerdos se empiezan a amontonar en la mente. Ojalá fuera solo en mi mente. La herida, por ahí dentro de mí, casi cicatrizada, vuelve a latir, sin contar con el vacío, frío e incómodo, en la boca del estómago.

Todos los recuerdos, aunque hayan sido maravillosos, ahora se vuelven nostálgicos y amargos.

Ya para llegar, al irse abriendo la reja de la cochera, busco a alguien a mi lado: al que sea. "Alguien que venga conmigo", suplico. La súplica no tiene respuesta.

La reja se abre. Puedo ver la soledad y escuchar el silencio por todas partes. Las plantas del jardín parecen reclamar: *Nos abandonaste, y apenas hemos sobrevivido.* Las paredes exteriores, de ladrillo barnizado, se ven opacas y polvorientas. Ya no brillan reflejando la luz del día. La fuente, siempre alegre y dicharachera, ahora está silenciosa, apagada, deshidratada.

La puerta principal de caoba, alta y fuerte, tiene todas sus comisuras cubiertas con polvo del tiempo. Al momento de abrirla me distrae la alarma. ¿Alarma? ¿Ya para qué? Ya nadie cruza por ahí para dejar calor y vida.

Empiezo a ver cuartos y cuartos vacíos. Siento mis pasos resbalosos por las partículas de algo de vida, acompañadas de la brisa, que entran por la rendija inferior de la puerta. La casa, ahora vacía y sin muebles, se ve más grande. Las paredes desnudas, solo acompañadas por persianas y cortinas, parecen tener caras largas y melancólicas. El silencio, corrosivo, marchita aún más la solitaria visita. ¿Dónde quedaron aquellas voces tan familiares, aquellas risas y ruidos que llenaban mi alma de vida? Risas, voces y ruidos parecen haberse sumido en un silencio sin fondo. Subir la escalera es un martirio. En cada escalón siento que piso y aplasto parte de mi vida. Al llegar arriba me doy cuenta que casi no pasa el aire a mis pulmones. Trato de respirar, pero solo consigo un suspiro. La gran estancia y las recámaras silenciosas me hacen, por fin, llorar; llorar con tal fuerza que puedo escuchar el eco de mi llanto que rebota contra las paredes de mi casa vacía. Y, entonces, empiezo a hablar. A hablar, primero, entre sollozos y luego con voz alta y clara:

–Mira, casa: tú sabes lo que te quiero y lo que te extraño. Nos conocemos y nos hemos cuidado mutuamente, siempre. Viví mucha vida contigo. Te cuidé como parte de mi familia. No quiero dejarte, pero las cosas han cambiado tanto que no tengo otra opción. Te prometo que voy a encontrar a alguien más que te quiera y te cuide tanto como yo. No te preocupes. Yo me encargo de mantenerte bella y limpia. Mientras eso sucede, necesitamos llegar a un acuerdo, porque no quiero sentir tanta tristeza cada vez que te visite, ¿no crees?

Se termina el eco de mis palabras, y otra vez el silencio, pero ahora acompañado de trinos de pájaros que apenas escucho cerca del ventanal de la escalera.

Un alboroto afuera, en la acera, producido por tubos y cubetas, hace que corra a la ventana.

– ¡Ya llegamos, señora!

Escucho los gritos del plomero y los pintores.

Siento, entonces, alivio. Respiro muy profundo y sonrío con satisfacción.

Me doy cuenta que mi casa y yo tenemos mucho en común: no somos nuevas, pero aún tenemos todo en su lugar. Nos gusta estar arregladas, oler bien, y que no nos dejen solas.

Estoy segura de que llegamos a un acuerdo:

Las dos seguimos de pie.

Las dos tenemos vida.

Epílogo

Para variar...
La vida es bella.

En este momento maravilloso en el que estoy disfrutando de tantas cosas, admirando a través de la gran ventana de la estancia un amanecer claro, con cielo completamente azul y despejado, respirando profundamente la brisa veraniega, limpia y fresca; transportándome a lo enredado de las buganvilias, meciéndome en las ramas de las jacarandas en flor, me llega el olor exquisito a canela, y vuelvo mi mirada hacia la pequeña mesa de caoba en donde se encuentra mi taza humeante de té: en este momento no me queda más que reflexionar cómo han pasado las cosas desde hace cinco años.

En realidad fue una decisión muy bien tomada.

Después de mucho vivir intensamente, de sentir hasta el corazón, de imaginar lo bueno y lo malo, de desear tantas cosas, de reflexionar tratando de ser mejor, de aprender incansablemente, de prever para no volver a equivocarme, de temer todo lo imaginable, de esperar con impaciencia encuentros, de cumplir con mis obligaciones, de buscar amor por todas partes; después de mucho tratar de entender lo que es vivir o, al menos, de saber a qué estamos jugando, decidí, entonces, hacer lo más sencillo: decidí ser feliz.

No sé si fue cansancio o hartazgo. No era posible vivir siempre con incertidumbre, dudas, dolor, inquietud y miedo... Fue después de analizar diferentes culturas y opciones que quise escoger algo que nunca me enseñaron; algo que no imaginé que fuera a funcionar: algo más fácil a ver qué pasaba; a ver qué se sentía: algo diferente, para variar.

Si tenemos cincuenta mil pensamientos al día, me propuse que fueran buenos a la fuerza, como un decreto. No iba a permitir que me ganaran y volver, de este modo, a lo de siempre, a lo de tantos años. Quité de una vez por todas esas sensaciones de incomodidad, de ansiedad y desasosiego que vivieron conmigo mucho tiempo, y que dolieron en el alma y luego en el cuerpo.

Acepté y enfrenté que la vida cambia constantemente, que las personas que más queremos van a estar con nosotros solo por un tiempo, y que la vida la vamos a vivir acompañados, siempre, por nosotros mismos.

Algunas veces tengo recaídas: regreso a lo sombrío y a los miedos, pero ya he estado ahí. Conozco lo amargo de ese lugar. Entonces, aprecio los pequeños detalles, acepto que las cosas suceden para beneficiarme.

Entiendo, también, que no tengo la capacidad para comprender todo, y que, además, cuento con poco tiempo.

De ahí me transporto a los detalles grandes. Entonces, me brinco el querer entenderlo todo, evito decidir basándome en el "yo creo", y trato de no fastidiarme. Es una opción diferente, para variar.

Ahora veo las jacarandas meciéndose con la brisa que las acaricia suavemente...

VV.AA.

"Rigor mortis" y otros relatos de humor actual

I.S.B.N.: 978-84-9074-609-7

El tío Ricardo ni siquiera sabía tocar el piano y en el momento de morir ahí se quedó, con su mano pegada al instrumento. Ni unos aguerridos bomberos pudieron conseguir que el pobre hombre se desprendiera del piano, al que se había aferrado en el útimo instante de su vida. Este es el argumento de "Rigor Mortis", el cuento ganador del II Premio «Enrique Gallud Jardiel» de relatos breves de humor, al que acompañan otros nueve cuentos cortos que quieren transmitirnos la idea de que, al fin y al cabo, ni la vida (ni la muerte) hay que tomárselas tan en serio. Más aun en una época como en la actual en la que vamos de aquí para allá, arrastrando nuestras preocupaciones, con un "rigor mortis" exageradamente anticipado a cuando debería. Desfilan por estas páginas también personajes tan entrañables y peculiares como el "ilustre" literato Felipe Cardenillas o un pobre chaval que tendrá que vérselas con un mago calvo que se la tiene jurada y con la misma muerte, que también parece que le ha cogido algo de manía. Historias extravagantes, cómicas y desenfadadas para sacarnos aunque sea una pequeña sonrisa en esta época tan aburrida. Ah, y también hay un alienígena que chantajea a su profesor para que le apruebe la asignatura de Formación del Espíritu Nacional en plena época franquista.